LA DERNIÈRE LEÇON

MITCH ALBOM

Mitch Albom est né en 1960 à Philadelphie. Après avoir obtenu un diplôme de sociologie, il poursuit des études de journalisme à l'université de Columbia à New York et devient l'un des principaux journalistes sportifs des États-Unis, travaillant pour la presse, la radio et la télévision.

Dans son ouvrage *La Dernière Leçon* (Éditions Laffont, 1998), il retranscrit les conversations qu'il a eues avec Morrie Schwartz, son ancien professeur d'université atteint d'une maladie mortelle. Ce récit, adapté à la télévision en 1999, a remporté quatre Emmy Awards en 2000, et il est resté quatre ans dans la liste des meilleures ventes du *New York Times*. En 2003, *Les Cinq Personnes que j'ai rencontrées là-haut* (Oh ! Éditions, 2004) est publié aux États-Unis : le succès est immédiat. Le livre, traduit dans 37 pays, s'est vendu à plus de 5 millions d'exemplaires et a fait l'objet d'une adaptation pour la télévision. Après *Pour un jour de plus* (Oh ! Éditions, 2006), lui aussi best-seller mondial, *Le Vieil Homme qui m'a appris la vie* a paru en 2010 chez le même éditeur.

Mitch Albom vit avec son épouse à Franklin dans le Michigan.

**Retrouvez l'actualité de l'auteur sur
http://mitchalbom.com/**

MITCH ALBOM

LA DERNIÈRE LEÇON

Comment un vieil homme face à la mort
m'a appris le goût de vivre

*Texte français et introduction
de Marie de Hennezel*

Postface inédite de l'auteur
traduite de l'anglais
par Valérie Miguel-Kraak

ROBERT LAFFONT

Titre original :

TUESDAYS WITH MORRIE

Édition originale publiée par :
Bantam Doubleday Dell Publishing Group, Inc., New York

Pocket, une marque d'Univers Poche,
est un éditeur qui s'engage pour la
préservation de son environnement et
qui utilise du papier fabriqué à partir
de bois provenant de forêts gérées de
manière responsable.

© Mitch Albom, 1997
© Traduction française : Éditions Robert Laffont, S.A., Paris, 1998
ISBN : 978-2-266-14517-6

à mon frère Peter,
l'être le plus courageux
que je connaisse.

Introduction

Comment vivre ? Cette question, l'auteur la pose tout au long de ce livre. Comment vivre autrement qu'en somnambule, ou dans une course angoissée à la poursuite d'objectifs décevants ? Comment vivre plus pleinement ? Comment *apprécier* la vie ? Comment tout simplement être plus heureux dans le monde d'aujourd'hui ?

Journaliste sportif, célèbre aux États-Unis, Mitch Albom vit à cent à l'heure. C'est un homme de son siècle, brillant, efficace, toujours pressé, toujours dans l'action. Sa culture est une culture du progrès, ses valeurs celles du succès. Il a grandi dans un monde où il faut être beau, jeune et riche, où l'argent et le pouvoir sont rois. Il n'y a guère de place pour la créativité, la tendresse, la compassion, ou pour d'autres expériences de la vie qui font appel à la solidarité humaine, comme la dépendance, la vieillesse ou la mort.

Et voilà qu'un soir, alors qu'il zappe d'une chaîne de télévision à l'autre, notre auteur tombe par hasard sur une émission célèbre, l'équivalent sans doute de notre *Bouillon de culture*. On est en train d'interviewer son ancien professeur de sociologie, un homme qui a marqué sa jeunesse par sa largeur d'esprit et son anti-conformisme.

L'homme a vieilli. Il est atteint d'une maladie incurable qui le paralyse peu à peu. Il sait qu'il va mourir. Il sait qu'il va se dégrader rapidement, perdre son autonomie. Il sait qu'il devra bientôt confier son corps, ses gestes les plus intimes, aux regards et aux mains des autres. Il le craint. Qui ne le craindrait ? Mais il a décidé de faire de sa lente agonie la matière d'un enseignement. C'est qu'il est professeur dans l'âme et qu'il veut le rester jusqu'au bout. « Étudiez-moi dans ma lente et patiente disparition. Observez ce qui m'arrive. Apprenez avec moi ! »

Notre auteur est bouleversé, comme les millions de téléspectateurs qui, ce soir-là, découvrent qu'on peut regarder sa mort en face, et en parler tranquillement, sans honte. N'oublions pas que dans l'Amérique d'aujourd'hui où se déroule l'histoire, la mort reste un sujet tabou, presque sale. On la cache. On en a peur.

Comment ne pas aimer ce vieil homme qui a décidé de tirer le meilleur parti possible du temps qui lui reste à vivre, et qui aime la vie au point d'en accepter toutes les facettes ? Il a de la volonté, certes, et une indéniable force intérieure, mais ne croyez pas qu'il soit un surhomme pour autant. Au contraire, il souffre et pleure et ne s'en cache pas. Son humanité nous touche. Reconnaître sa souffrance, ne pas craindre de l'exprimer devant ses proches est même pour lui une des clés de la vie. Il faut se laisser pénétrer par les émotions, les éprouver, les vivre jusqu'au bout pour pouvoir les dépasser. Une honnêteté qui, loin de vous abattre, vous relève et vous permet de prendre du recul, avec tendresse, avec humour.

C'est que Morrie, c'est son nom, ose être lui-même. Il n'attache pas d'importance à son apparence physique, ni à son habillement. On le découvre même mangeant salement et riant la bouche pleine. Ce n'est donc pas un séducteur, et pourtant son charme opère indéniablement. Sans doute ce mélange d'authenticité et de tendresse lui attire la sympathie de tous. Un homme aimé, donc, et très entouré des siens, d'amis, de collègues, d'anciens étudiants, et d'une foule d'inconnus attirés par son rayonnement et sa sagesse. Un homme qui sait écouter et qui s'intéresse aux autres.

Morrie doit vivre avec cette contradiction, la douleur de se voir mourir à petit feu mais aussi la conscience «merveilleuse» d'avoir le temps de s'y préparer et de dire au revoir. «Tout le monde n'a pas cette chance!» dira-t-il.

Convaincu que toute expérience humaine, toute épreuve contient en elle-même la possibilité d'un dépassement, d'un accès à quelque chose de neuf, il va chercher comment «aimer» cette dépendance, contre laquelle il a lutté tant qu'il a pu, mais qu'il lui faut bien accepter maintenant. Il sait qu'il a la liberté de faire de cette lente et insidieuse détérioration une expérience qui ait un sens, et une leçon de vie pour les autres. «Les gens me voient comme un pont. Je ne suis plus aussi vivant qu'avant mais je ne suis pas encore mort. Je suis dans une sorte d'entre-deux. Je me prépare au Grand Voyage et les gens veulent que je leur dise ce qu'il faut emporter.»

Dans la confusion des valeurs et le désordre des priorités qui règnent en cette fin de siècle, l'homme qui va mourir et qui regarde sa mort en face sait ce qui compte et ce qui ne compte plus. S'il en a le temps, s'il le peut, si son entourage surtout l'accompagne dans cette ultime tentative d'accomplissement, il va alors à l'essentiel. Et c'est cela qu'il nous enseigne.

Nous voilà donc invités ici à recevoir ce qui fut l'ultime enseignement d'un homme, à travers la plume d'un de ses étudiants, peut-être de son étudiant préféré. Car si Morrie a besoin d'un témoin — «Je veux quelqu'un pour entendre mon histoire, veux-tu être celui-là ?» — Mitch, lui, a besoin d'un maître, quelqu'un qui l'aide à se poser les questions essentielles, celles qui vous taraudent au seuil de la mort, et auxquelles on aimerait tant avoir réfléchi plus tôt. Mitch aspire à voir clair. Il sent que Morrie, parce qu'il se tient si proche de la mort et qu'il voit nettement ce qui importe dans la vie, est la personne qui peut l'éclairer.

Voilà que tous les souvenirs de sa jeunesse étudiante remontent, pleins de tendresse et d'émotion. À l'époque, Mitch était un jeune homme idéaliste. Il voulait devenir musicien. Il aspirait à cette liberté intérieure qu'il sentait si fort chez son professeur. Il lui faut donc revoir cet homme.

C'est alors que commence, presque à l'insu de l'élève, le dernier cours du professeur. Mitch prend l'avion régulièrement, toujours le mardi. Il enregistre leurs entretiens.

Rien ne le préparait à passer du temps au chevet d'un mourant. Il nous dit ses maladresses, ses reculs intérieurs, ses peurs face aux progrès de la maladie. Et pourtant, il vient, il écoute cet homme qui décline mais qui le captive par la jeunesse de son esprit, par son ouverture, sa sagesse, son humour. Il avoue même se sentir mieux, plus apaisé, plus proche de lui-même, chaque fois qu'il est auprès de Morrie. «Il semble que j'entre doucement dans un autre temps.» Et puis il change, et s'en étonne. Il s'ouvre, il s'humanise. Parfois, il lui faut aider Morrie à s'installer dans son fauteuil. Ce sont des moments de proximité physique qui l'émeuvent d'une manière indescriptible. Il sent l'extrême vulnérabilité de cet homme qu'il admire et qui gît sans forces dans ses bras, la mort tapie à l'intérieur de lui. Mitch est un grand pudique. S'il est attiré par la transparence affective de son vieux professeur, il n'est pas prêt pour autant à dévoiler ses propres émotions. On le sent lutter contre elles tout au long de ses visites, jusqu'à la dernière, où laissant enfin venir les larmes, il offre à Morrie son ultime victoire, celle d'avoir réussi à le faire pleurer.

Tandis que le vieil homme s'enfonce doucement dans la mort, enseignant la vie avec des mots de tous les jours, simples et vrais, nous nous demandons si nous n'avons pas changé nous aussi au fil de notre lecture.

Peut-être, avec lui, voyons-nous autrement ces choses qui nous font si peur.

La vieillesse, par exemple, que Morrie nous invite à prendre *à bras-le-corps, car vieillir, ce n'est pas seulement se détériorer, c'est croître.* Quand on a trouvé un sens à sa vie, nous dit-il, quand on a vécu intensément chaque étape, on n'a pas envie de revenir en arrière. *On veut aller de l'avant. Quand on passe son temps à se battre contre la vieillesse, on finit toujours par être malheureux, puisqu'elle arrive de toute façon!*

C'est dit si simplement, cette acceptation des choses telles qu'elles sont.

Et la dépendance, sans doute le pire des maux dans un monde qui valorise la maîtrise et le contrôle ? Comment la supporter ? Morrie va plus loin, comment *l'aimer* ? Peut-être en retrouvant, comme il le fait lui-même, le plaisir que tout enfant a éprouvé, lorsqu'il était porté, bercé, caressé par sa mère ? En retrouvant ce temps ancien où l'on aimait que l'on s'occupe entièrement de nous, et que nous n'avons jamais tout à fait oublié.

La mort, enfin, nous paraîtra peut-être plus humaine, à travers les yeux du vieux professeur, qui nous dit que lorsqu'on est en paix avec sa vie, lorsqu'on a misé sur l'amour, ce n'est pas une affaire de mourir !

« Tant que nous pouvons aimer et nous souvenir de ce sentiment d'amour, nous pouvons mourir sans vraiment nous en aller. L'amour que l'on a créé est là. Les souvenirs sont là. On continue à vivre dans le cœur de ceux que l'on a touchés et nourris de son vivant. La mort met fin à la vie, mais pas à une relation. »

Alors, comment vivre ? Lorsque Mitch lui demande ce qu'il ferait, si la santé lui était rendue pour vingt-quatre heures, Morrie répond qu'il ne ferait rien d'extraordinaire. Seulement goûter, apprécier, le plus consciemment possible, les joies simples, banales, quotidiennes, comme de se promener, de contempler la nature, de sortir au restaurant avec des amis, et de danser.

MARIE DE HENNEZEL

Le cours

Son dernier cours, mon vieux professeur l'a donné chez lui, près d'une fenêtre de son bureau, où il pouvait voir un petit hibiscus perdre ses fleurs roses.

Le cours avait lieu une fois par semaine, le mardi. Il commençait après le petit déjeuner, portait sur le sens de la vie et s'inspirait, bien entendu, de l'expérience.

On n'était pas noté, mais il y avait des interrogations orales chaque semaine. Il fallait répondre aux questions, et savoir poser les siennes. On vous demandait aussi d'effectuer de temps à autre des tâches physiques, comme de soulever la tête du professeur dans une position confortable sur l'oreiller ou de placer ses lunettes sur l'arête de son nez. On était particulièrement apprécié si on l'embrassait en partant.

Aucune lecture n'était obligatoire, et pourtant bien des thèmes ont été abordés, notamment l'amour, le travail, les autres, la famille, la vieillesse, le pardon et enfin la mort. Le dernier cours a été bref, quelques mots à peine.

À la place de la cérémonie de fin d'études, il y a eu des funérailles.

Et en guise d'examen final, il a fallu écrire un long devoir sur ce que l'on avait appris. C'est ce texte que l'on trouvera ici.

Un seul étudiant assistait à ce cours. Cet étudiant, c'était moi.

Nous sommes à la fin du printemps 1979, dans la chaleur moite d'un samedi après-midi. Nous sommes des centaines assis côte à côte, sur des chaises en bois pliantes alignées sur la grande pelouse du campus. Nous portons des toges en Nylon bleues, et nous écoutons avec impatience de longs discours. Une fois la cérémonie terminée, nous jetons nos toques en l'air. Nous voilà officiellement diplômés de l'université Brandeis, à Waltham, Massachusetts. Pour bon nombre d'entre nous, un rideau vient de tomber sur notre enfance.

Ensuite, je repère Morrie Schwarz, mon professeur préféré, et je le présente à mes parents. C'est un petit homme qui marche à petits pas, comme si un vent fort pouvait, à tout moment, l'emporter dans les nuages. Dans sa toge de cérémonie, il tient à la fois du prophète biblique et de l'elfe de Noël. Il a des yeux bleu-vert qui pétillent, des cheveux argentés qui tombent en fines mèches sur son front, de grandes oreilles, un nez triangulaire, et des sourcils grisonnants et touffus. Ses dents sont de travers, et celles du bas inclinées vers l'arrière, comme si un jour quelqu'un les avait enfoncées d'un coup de poing. Pourtant, quand il sourit, on dirait qu'on vient de lui raconter la première blague du monde.

À mes parents, il dit que je n'ai manqué aucun de ses cours. « Vous avez là un garçon pas comme les autres ! » Gêné, je regarde mes pieds. Avant de nous séparer, je tends un cadeau à mon professeur, une serviette en cuir avec ses initiales. Je l'ai achetée la veille dans un centre commercial. Je ne veux pas oublier Morrie. Mais sans doute aussi je ne veux pas que lui m'oublie.

Mitch, tu fais partie des bons ! me dit-il en admirant la serviette. Puis il me serre dans ses bras, que je sens, maigres, autour de mon dos. Je suis plus grand que lui, et quand il me tient contre lui, je me sens bizarre, plus vieux, comme si c'était moi le parent et lui l'enfant.

Il me demande si je lui donnerai de mes nouvelles, et sans hésitation je lui dis « Bien sûr ».

Il recule et je vois qu'il a les larmes aux yeux.

Le sujet

Sa condamnation à mort tombe l'été 1994, mais quand on regarde en arrière, on s'aperçoit que Morrie sait bien avant cette date que quelque chose de grave va lui arriver. En fait, il le sait depuis le jour où il a arrêté de danser.

Il a toujours aimé danser, mon vieux professeur ! Peu importe la musique, d'ailleurs. Rock and roll, orchestre, blues, il aime tout. Les yeux fermés, un sourire d'extase aux lèvres, il commence à bouger à son propre rythme. Ce n'est pas toujours beau. Il faut dire qu'il ne se préoccupe pas de trouver un partenaire. Il danse seul.

C'est dans cette église d'Harvard Square où l'on pratique ce qu'on appelle « la danse libre » qu'il se rend tous les mercredis soir. Il y a des lumières clignotantes et des haut-parleurs tonitruants, et Morrie se promène au milieu d'une foule d'étudiants, avec un T-shirt blanc, un pantalon de coton noir, et une serviette autour du cou. Quelle que soit la musique, il danse. Ainsi il danse le lindy* sur la musique de Jimi Hendrix. Il tournoie, se

---

* Danse populaire des années 30 aux États-Unis. (N.d.T.)

tord dans tous les sens, bouge ses bras tel un chef d'orchestre sous amphétamines, jusqu'à ce que la sueur dégouline le long de son dos. Personne, là, ne sait qu'il est un éminent docteur en sociologie ayant exercé des années comme professeur d'université et écrit plusieurs livres qui font autorité. C'est juste un vieux cinglé, pense-t-on.

Un jour, il apporte une cassette de tango et demande qu'on la passe. Puis il prend possession de la piste, dans un va-et-vient effréné. On dirait un *latin lover* au comble de l'excitation. Quand il a fini, tout le monde applaudit. Cet instant-là restera sans doute éternel.

Mais ensuite, il arrête de danser.

Puis, vers la soixantaine, il commence à avoir des crises d'asthme. Il a du mal à respirer. Un jour, alors qu'il se promène le long de la rivière Charles, une bourrasque de vent froid lui coupe le souffle. Il faut l'hospitaliser d'urgence et lui faire une injection d'adrénaline.

Quelques années plus tard, il a des difficultés à marcher. Au cours d'une fête pour l'anniversaire d'un ami, il trébuche sans raison. Un autre soir, il dégringole un escalier dans un théâtre, à la consternation générale.

« Donnez-lui de l'air », crie quelqu'un.

Comme il a déjà soixante-dix ans à cette époque, on chuchote « c'est l'âge », et on l'aide à se remettre debout. Mais Morrie, qui a toujours senti mieux que les autres ce qui se passe à l'intérieur de son corps, sait que quelque chose ne va pas. Ce n'est pas seulement l'âge. Il y a cette lassitude permanente, cette difficulté à dormir. Il rêve qu'il est en train de mourir.

Il consulte des médecins. Un tas de médecins. On examine son sang. On analyse ses urines. On lui met une sonde dans le derrière pour regarder à l'intérieur de ses intestins. Finalement, comme on ne trouve rien, un médecin prescrit une biopsie musculaire et on lui retire un petit bout de mollet. Le compte rendu du laboratoire suggère un problème neurologique. On fait passer à Morrie une autre série d'examens. Pour l'un d'entre eux, on le fait asseoir sur un siège spécial — une chaise électrique, en somme, puisqu'on lui envoie du courant et qu'on étudie ses réactions neurologiques.

« Il faut faire d'autres examens », disent les médecins, au vu des résultats.

« Pourquoi ? demande Morrie. Qu'y a-t-il ?

— Nous ne savons pas. Vos temps de réaction sont lents. »

Ses temps de réaction sont lents. Qu'est-ce que cela veut dire ?

Finalement, par une journée chaude et humide du mois d'août 1994, Morrie et sa femme, Charlotte, se rendent chez le neurologue. Il les fait s'asseoir avant de leur communiquer le diagnostic : Morrie a une sclérose latérale amyotrophique (SLA), la maladie de Charcot, une atteinte brutale, impitoyable, du système neuromusculaire.

Il n'y a pas de traitement.

« Comment l'ai-je attrapée ? » demande Morrie.

On n'en sait rien.

« Est-ce qu'on en meurt ? »

Oui.

« Alors, je vais mourir ? »

Oui, dit le médecin. Je suis désolé.

Il reste presque deux heures avec Morrie et Charlotte, répondant patiemment à leurs questions. Avant qu'ils ne partent, il leur donne quelques informations sur la SLA, des petits prospectus. On dirait qu'ils sont en train d'ouvrir un compte en banque. Dehors, il y a du soleil et les gens vaquent à leurs occupations. Une femme court pour mettre de l'argent dans un parcmètre. Une autre transporte ses courses. Charlotte est traversée de mille pensées : *Combien de temps nous reste-t-il ? Comment allons-nous faire ? Comment paierons-nous les factures ?*

Pendant ce temps, mon vieux professeur est sidéré par la normalité des choses autour de lui. *Le monde ne devrait-il pas s'arrêter ? Ne savent-ils pas ce qui m'arrive ?*

Non, le monde ne s'est pas arrêté, il ne s'est aperçu de rien. En ouvrant faiblement la porte de sa voiture, Morrie a l'impression de tomber dans un trou.

Bon, et maintenant ? se demande-t-il.

Tandis que mon vieux professeur cherche les réponses à ses questions, la maladie s'empare de lui, jour après jour, semaine après semaine. Un matin, il sort la voiture du garage et il a toutes les peines du monde à freiner. Cela met fin à toute velléité de conduire.

Comme il n'arrête pas de trébucher, il achète une canne. Finie, la marche les mains libres !

Il fait régulièrement de la natation. Il a constaté qu'il ne peut plus se déshabiller tout seul. Aussi fait-il appel pour la première fois de sa vie à une aide à domicile en la personne d'un étudiant en théologie du nom de Tony, qui l'aide à entrer et sortir du bassin, à enfiler et à retirer son maillot de bain. Dans les vestiaires, les autres nageurs font semblant de ne pas voir. Comme de toute façon ils regardent, c'en est fini de son intimité.

À l'automne 1994, Morrie monte dans les collines du campus pour donner son cours. Il pourrait s'en dispenser, bien sûr ! L'université comprendrait ! Pourquoi souffrir en face de tout ce monde ? Restez chez vous. Mettez vos affaires en ordre. Mais l'idée de démissionner ne lui vient pas à l'esprit.

Au lieu de cela, Morrie entre en chancelant dans la salle de classe, qui a été la sienne pendant plus de trente ans. À cause de sa canne, il met un certain temps avant d'atteindre sa chaire. Il s'assoit enfin, enlève ses lunettes, et regarde les jeunes visages qui se tendent vers lui en silence.

« Mes amis, je pense que vous êtes tous ici pour le cours de psychologie sociale. J'enseigne cette matière depuis vingt ans, et c'est la première fois que je puis dire que vous prenez un risque en suivant ce cours, car je suis atteint d'une maladie mortelle. Il se peut que je ne finisse pas le semestre.

« Si cela vous pose un problème, et que vous souhaitez quitter le cours, je comprendrai. »

Il sourit.

C'est la fin de son secret.

La SLA, c'est comme une bougie allumée : elle consume les nerfs et laisse le corps comme un tas de cire fondue. Cela commence souvent par les jambes et cela progresse vers le haut. On perd le contrôle des muscles des cuisses, et on ne peut plus se tenir debout. On perd le contrôle des muscles du buste, et on ne peut plus se tenir assis. Avant la fin, si l'on est toujours en vie, on respire à travers un tube, par un trou dans la gorge. L'âme, parfaitement éveillée, est emprisonnée à l'intérieur d'une coque molle, et l'on a tout juste la capacité de cligner de l'œil ou de claquer la langue, comme dans un film de science-fiction, l'homme pétrifié à l'intérieur de sa propre chair ! Tout cela ne prend pas plus de cinq ans, à partir du moment où la maladie se déclare.

Les médecins de Morrie lui donnent deux ans à vivre. Morrie sait que ce sera moins.

Le jour où il sort du cabinet du médecin, avec cette épée suspendue au-dessus de la tête, mon vieux professeur commence à mûrir une grave décision. *Vais-je me laisser mourir, ou vais-je tirer le meilleur parti possible du temps qu'il me reste à vivre ?* se demande-t-il.

Non, il ne se laissera pas dépérir. Il n'aura pas honte de mourir.

Au contraire, il va faire de la mort son ultime projet, la placer au centre de sa vie. Puisque tout le monde doit mourir, son expérience pourrait être précieuse, n'est-ce pas ? Il pourrait servir la recherche. Être une sorte de livre humain. *Étudiez-moi dans ma lente et patiente disparition ! Observez ce qui m'arrive ! Apprenez avec moi !*

Morrie va traverser l'ultime pont entre la vie et la mort, et raconter le voyage.

Le semestre de la rentrée passe à toute allure. Le nombre des pilules à ingurgiter augmente. Les soins finissent par devenir routiniers. Les infirmières viennent chez Morrie pour faire travailler les muscles de ses jambes flageolantes, les pliant d'avant en arrière, comme si elles pompaient l'eau d'un puits. Des kinésithérapeutes viennent le masser une fois par semaine pour soulager la raideur lourde qu'il éprouve constamment. Il consulte des maîtres de méditation, apprend à fermer les yeux, à ralentir le flux de ses pensées jusqu'à n'être plus conscient que d'une seule chose, son souffle, inspirant, expirant à l'infini. Un jour, tandis qu'il marche avec sa canne, il trébuche sur le bord du trottoir et s'étale au milieu de la rue. La canne est remplacée par un déambulateur. Comme son corps devient de plus en plus faible, et qu'il s'épuise dans les allées et venues à la salle de bains, Morrie se met à uriner dans un grand vase. Il est obligé de se soutenir lui-même, ce qui signifie que quelqu'un doit tenir le vase, pendant que Morrie le remplit.

La plupart d'entre nous serions gênés par tout cela, surtout à l'âge de Morrie. Mais lui n'est pas comme la plupart d'entre nous. Quand ses collègues les plus proches viennent le voir, il leur dit : « J'ai besoin de faire pipi. Cela vous dérangerait-il de m'aider ? »

Souvent, à leur grande surprise, ils sont d'accord pour le faire.

De fait, il reçoit un flot de plus en plus important de visiteurs. Il anime des groupes de discussion sur la question du mourir, ce qu'elle signifie, comment les sociétés en ont toujours eu peur, sans toujours parvenir à la comprendre. À ses amis, il dit que la meilleure façon de l'aider, ce n'est pas de lui exprimer des bons sentiments, mais de lui rendre visite, de lui téléphoner, de partager avec lui leurs problèmes, comme ils l'ont toujours fait, car Morrie a toujours su écouter à merveille.

Malgré tout ce qui lui arrive, sa voix est restée ferme et son esprit vibre de mille pensées. Il a l'intention de prouver que le mot « mourir » n'est pas synonyme de « devenir inutile ».

On passe les fêtes du Nouvel An. Bien qu'il n'en dise rien, Morrie sait que ce sera la dernière année de sa vie. Il se déplace maintenant en fauteuil roulant, et il lutte contre le temps pour arriver à dire tout ce qu'il veut dire aux gens qu'il aime. Quand un de ses collègues meurt brutalement d'un infarctus, Morrie se rend à ses obsèques. Il rentre chez lui déprimé.

« Quel gâchis ! dit-il. Tous ces gens qui ont dit des choses merveilleuses, et lui ne pourra jamais les entendre ! »

Morrie a une meilleure idée. Il donne quelques coups de fil, choisit une date. Et par un froid dimanche après-midi, un petit groupe d'amis et de proches viennent célébrer avec lui des « funérailles vivantes ». Chacun parle et rend hommage à mon vieux professeur. Quelques-uns pleurent. D'autres rient. Une femme lit un poème :

> *Cher et tendre cousin...*
> *Ton cœur est sans âge*
> *Tu traverses les strates du temps*
> *tendre et fort, comme un séquoia...*

Morrie pleure et rit avec eux. Et toutes ces choses que nous éprouvons dans notre cœur mais que nous ne disons jamais à ceux que nous aimons, Morrie les exprime ce jour-là. Ces «funérailles vivantes» sont un succès retentissant.

Seulement Morrie n'est pas encore mort.

En fait, la partie la plus insolite de sa vie ne fait que commencer.

L'étudiant

À ce stade, il faut que je vous dise ce qui m'est arrivé depuis ce jour d'été où, serrant pour la dernière fois dans mes bras mon cher et sage professeur, je lui ai promis que je lui donnerais de mes nouvelles.

Je n'ai pas tenu ma promesse.

En réalité, j'ai perdu de vue la plupart des gens que je connaissais à l'université, y compris mes compagnons de beuverie et la femme auprès de qui j'ai passé ma première nuit. Les années suivant mon départ du campus m'ont endurci. Elles ont fait de moi quelqu'un de bien différent de l'étudiant prétentieux, qui partait pour New York prêt à offrir au monde ses talents.

Le monde, je m'en suis aperçu, ne m'a pas attendu. Je passe donc mes vingt ans à chercher des petits boulots pour payer le loyer, me demandant pourquoi tous les feux ne se mettent pas au vert pour moi. Je rêve de devenir un musicien célèbre (je suis pianiste), mais après des années passées dans des cabarets obscurs et vides, mon rêve tourne à l'aigre : les promesses ne sont pas tenues, les groupes se disloquent, les producteurs semblent s'intéresser à tout sauf à moi. J'échoue pour la première fois de ma vie.

C'est à cette époque que j'ai ma première rencontre importante avec la mort. Mon oncle préféré, le frère de ma mère, celui qui m'a appris la musique, celui qui m'a appris à conduire, qui me taquinait au sujet des filles et m'a initié au foot, le seul adulte que j'admirais quand j'étais enfant — je disais que je voulais devenir comme lui quand je serais grand —, meurt d'un cancer du pancréas à l'âge de quarante-quatre ans. C'était un bel homme trapu, avec une épaisse moustache. Comme j'occupais un appartement juste au-dessous du sien, je l'ai vu souvent pendant la dernière année de sa vie. J'ai vu son corps robuste dépérir, puis gonfler. Je l'ai vu souffrir chaque soir, plié en deux à table, les mains pressées sur l'estomac, les yeux clos, la bouche tordue de douleur. Ahhhhh mon Dieu ! gémissait-il. Ahhhh Jésus ! Nous autres — ma tante, ses deux jeunes fils et moi — restions là en silence, faisant la vaisselle, évitant de croiser nos regards.

De toute ma vie, je ne me suis jamais senti aussi désemparé.

Un soir de mai, mon oncle et moi étions assis sur le balcon de son appartement. Il y avait une brise chaude. Les yeux fixés sur l'horizon, il a marmonné entre ses dents qu'il ne serait plus là pour la rentrée scolaire de ses enfants. Il m'a demandé si je pouvais veiller sur eux. Je lui ai dit de ne pas parler comme ça. Il m'a regardé tristement.

Il est mort quelques semaines plus tard.

Après l'enterrement, ma vie change. Tout à coup je réalise que le temps est précieux. C'est comme de l'eau qui coule. Je n'ai pas une minute à perdre. Je cesse donc de jouer dans des boîtes de nuit à moitié vides, de rester chez moi à écrire des chansons que personne n'écoutera jamais. Je reprends des études. Ayant obtenu une maîtrise de journalisme, je prends le premier boulot venu comme journaliste sportif. Au lieu de courir après ma propre gloire, je me mets à écrire sur de célèbres athlètes qui poursuivent la leur. Je travaille pour des journaux, fais des piges pour les magazines. Je n'ai pas d'horaires et mon rythme de travail ne connaît pas de limites. Je me lève le matin, me brosse les dents et m'installe devant ma machine à écrire dans les vêtements dans lesquels j'ai dormi. Mon oncle travaillait en entreprise et détestait faire tous les jours la même chose. Je suis décidé à ne jamais finir comme lui.

Mon travail me conduit un peu partout entre New York et la Floride, puis je finis par prendre un poste de rédacteur au *Detroit Free Press*. Detroit a un appétit insatiable pour le sport. Ils ont des équipes professionnelles de football américain, de basket, de base-ball et de hockey. C'est à la hauteur de mes ambitions. En quelques années, je ne me contente pas seulement de rédiger des articles, j'écris aussi des livres sur le sport. J'anime des émissions de radio, je passe régulièrement à la télévision, crachant mon avis sur la fortune des joueurs de football et sur l'hypocrisie des programmes sportifs à l'université. Je suis pris dans la tourmente médiatique qui secoue aujourd'hui notre pays. Je suis très demandé.

De locataire, je deviens propriétaire. J'achète une maison sur une colline et des voitures, j'investis en bourse et me constitue un portefeuille d'actions. Je suis toujours à plein régime et toujours à contretemps. J'entretiens ma forme physique comme un forcené. Je conduis à une allure folle. Je gagne plus d'argent que je n'ai jamais pu l'imaginer. Puis je rencontre une femme brune du nom de Janine qui trouve le moyen de m'aimer malgré mon emploi du temps et mes absences continuelles. Nous nous marions après sept ans de fréquentation. Une semaine après notre mariage, je me remets au travail. Je lui dis — et je me le dis aussi — que nous allons un jour fonder une famille, ce qu'elle désire très fort. Mais ce jour ne viendra jamais.

Au lieu de cela, je m'enferme dans l'action. En réalisant des choses, je crois pouvoir les contrôler, je crois pouvoir faire provision de bonheur avant de tomber malade et de mourir, comme mon oncle avant moi, ce que j'imagine être mon destin.

Et Morrie ? Bien sûr, je pense à lui de temps en temps, je pense à ce qu'il m'a appris sur l'« humanité » ou la « relation aux autres », mais j'y pense toujours de loin, comme s'il s'agissait d'une autre vie. Tout au long de ces années, je jette tout le courrier de mon ancienne université, persuadé qu'il ne s'agit que d'appels de fonds. Ainsi, je n'ai pas su que Morrie était malade. Les gens qui auraient pu me tenir au courant sont oubliés depuis longtemps, leur numéro de téléphone enfoui dans quelque carton au grenier.

Les choses auraient pu en rester là si quelque chose n'avait attiré mon attention un soir que je zappais sur les chaînes de télévision...

L'émission de télévision

Nous sommes en mars 1995. Ted Koppel, l'animateur de l'émission « Nightline » sur la chaîne ABC-TV arrive, dans sa limousine devant la maison de Morrie à West Newton, dans le Massachusetts. Il neige.

Morrie passe maintenant ses journées dans un fauteuil roulant. Il s'habitue à ce qu'on le porte de son fauteuil à son lit, et de son lit au fauteuil, comme un paquet encombrant. Il lui arrive de tousser quand il mange. Mâcher devient une corvée. Ses jambes sont mortes. Il ne marchera jamais plus.

Il refuse pourtant de sombrer dans la dépression. Bien au contraire, Morrie fourmille d'idées. Il couche ses pensées sur de petits blocs de papier jaune, des enveloppes, des chemises, du papier brouillon. Il écrit des aphorismes sur la manière de vivre à l'ombre de la mort : « Accepte ce que tu peux faire et ce que tu ne peux pas faire », « Le passé est le passé, accepte-le sans le nier, sans le rejeter », « Apprends à te pardonner et à pardonner aux autres », « Ne pense pas qu'il est trop tard pour t'engager ».

Bientôt une cinquantaine de ces maximes philosophiques circulent parmi ses amis. L'un d'eux, un collègue de l'université du nom de Maurice Stein, séduit par ces écrits, décide de les envoyer à un journaliste du *Boston Globe*. Celui-ci rédige alors un grand papier sur Morrie, intitulé : « Le dernier cours d'un professeur : sa propre mort ».

L'article attire l'attention d'un producteur de l'émission « Nightline », qui l'apporte à Koppel à Washington.

« Jette un coup d'œil là-dessus », lui dit le producteur.

C'est ainsi que la limousine de Koppel se trouve maintenant devant la maison de Morrie et que des caméras sont installées dans son salon.

Des amis et des membres de la famille sont venus pour voir Koppel. Dès que le célèbre animateur pénètre dans la maison, tous bourdonnent d'excitation. Tous sauf Morrie qui avance dans son fauteuil roulant, les sourcils levés, et imposant le silence de sa voix chantante et haut perchée.

« Ted, j'ai besoin d'en savoir plus sur toi avant l'interview. »

Un silence gêné s'installe. Puis les deux hommes entrent dans le bureau et la porte se ferme.

« J'espère que Ted va ménager Morrie », chuchote l'un des amis restés derrière la porte.

« J'espère que Morrie va ménager Ted », réplique un autre.

À l'intérieur du bureau, c'est Morrie qui invite Ted à s'asseoir. Il a les mains croisées sur ses genoux et il sourit.

« Dis-moi quelque chose qui te vienne du cœur, demande Morrie.

— Du cœur ? »

Koppel observe le vieil homme.

«D'accord», dit-il prudemment, avant de parler de ses enfants. Ne sont-ils pas proches de son cœur ?

«Bien, poursuit Morrie, maintenant parle-moi de ta foi.»

Koppel est mal à l'aise.

«Je n'ai pas l'habitude de parler de cela avec des gens que je viens de rencontrer.

— Ted, je suis en train de mourir, rétorque Morrie, le fixant par-dessus ses lunettes, je n'en ai plus pour longtemps.»

Rire de Koppel. D'accord, la foi. Il cite un passage de Marc Aurèle qui le touche particulièrement.

Morrie opine de la tête.

«Maintenant, à moi de vous poser une question ! dit Koppel. Avez-vous déjà regardé mon émission ?»

Morrie hausse les épaules :

«Deux fois, je crois.

— C'est tout ?

— Ne te vexe pas, je n'ai regardé "Oprah" * qu'une seule fois.

— Bon, alors les deux fois où vous l'avez regardée, qu'est-ce que vous en avez pensé ?»

Morrie marque un temps de silence.

«Tu veux que je sois honnête ?

— Oui.

— Je t'ai trouvé narcissique.»

Kopel éclate de rire.

«Je suis trop laid pour être narcissique», répond-il.

---

* Émission très populaire aux États-Unis. (N.d.T.)

Bientôt les caméras tournent devant la cheminée du salon où Koppel, vêtu d'un costume bleu impeccable, fait face à Morrie, dans son vieux pull gris défraîchi. Il a refusé de s'habiller pour la circonstance et de se laisser maquiller. Sa philosophie est que la mort n'a rien d'embarrassant. Pourquoi irait-il se poudrer le nez ?

Morrie est assis dans son fauteuil roulant, la caméra ne filme pas ses pauvres jambes inertes. En revanche, il peut toujours bouger ses mains, et quand il parle, c'est avec les deux à la fois. Ainsi, on le voit s'animer avec passion pour expliquer comment on affronte la fin de sa vie.

« Ted, quand tout cela a commencé, je me suis dit : "Vas-tu te retirer du monde comme la plupart des gens le font, ou bien vas-tu vivre ?" J'ai décidé que j'allais vivre — ou du moins essayer de vivre — comme j'en ai envie, avec dignité, courage, humour, en restant maître de moi.

« Il y a des matins où je me réveille en larmes. Je pleure et me lamente sur mon sort. D'autres fois, je me réveille en colère et plein d'amertume. Mais cela ne dure jamais très longtemps.

« Je me lève et je me dis : "Je veux vivre..."

« Jusqu'à maintenant, j'ai réussi. Est-ce que cela va durer ? je ne sais pas. Mais je prends le pari que j'y arriverai. »

Koppel a l'air extrêmement séduit par Morrie. Il pose une question à propos de l'humilité induite par la mort.

« Eh bien, Fred... Morrie corrige immédiatement son erreur : je veux dire Ted...

— Ce genre de lapsus force à l'humilité », dit Koppel en riant.

Les deux hommes parlent de l'après-vie. Ils parlent aussi de ce que cela représente d'être de plus en plus dépendant des autres. Morrie a besoin d'aide pour manger, s'asseoir, et se déplacer. Koppel lui demande ce qu'il redoute le plus dans cette lente et insidieuse détérioration.

Il y a un silence. Morrie demande s'il peut dire cela à la télévision.

Koppel l'encourage.

Les yeux plantés droit dans ceux du plus célèbre interviewer d'Amérique, Morrie dit alors :

« Oui, Ted, bientôt il faudra que quelqu'un m'essuie le derrière. »

L'émission est diffusée un vendredi soir. D'abord, on voit Ted Koppel dans son bureau à Washington annoncer d'une voix qui respire l'autorité : « Qui est Morrie Schwarz ? Et pourquoi, avant la fin de la soirée, serez-vous si nombreux à l'aimer ? »

À mille kilomètres de là, dans ma maison sur la colline, je zappe distraitement d'une chaîne à l'autre, quand j'entends ces mots qui sortent du poste : « Qui est Morrie Schwarz ? » Je suis pétrifié.

C'est l'été 1976. Notre premier cours. J'entre dans le grand bureau de Morrie, et je remarque d'emblée les étagères de sa bibliothèque garnies d'un nombre incalculable de livres. Des livres de sociologie, de philosophie, de religion et de psychologie. Un grand tapis couvre le plancher en bois. Une fenêtre donne sur l'allée qui traverse le campus. Une petite douzaine d'étudiants est là à tripoter maladroitement cahiers et programmes. La plupart portent des jeans, des sandales écologiques et des chemises en laine à carreaux. Je me dis que cela ne va pas être facile de sauter des cours dans une classe aussi petite. Je ferais peut-être mieux de ne pas m'y inscrire.

« Mitchell ! » Morrie fait l'appel.

Je lève la main.

« Tu préfères Mitch ou Mitchell ? »

C'est la première fois qu'un professeur me pose la question. J'ouvre de grands yeux sur ce type en col roulé jaune, pantalon de velours vert, et des cheveux argentés qui lui tombent sur le front. Il sourit.

Mitch, dis-je. C'est comme ça que mes amis m'appellent.

« *Eh bien, ce sera Mitch* », *dit Morrie, comme s'il concluait une affaire.*

« *Mitch ?* »

Oui ?

« *J'espère qu'un jour tu penseras à moi comme à un ami.* »

L'orientation

Au volant d'une voiture de location, me voilà engagé dans la rue où habite Morrie à West Newton, une banlieue tranquille de Boston. J'ai une tasse de café dans la main, un téléphone coincé entre l'oreille et l'épaule. C'est que je parle à un producteur de télévision à propos d'un enregistrement. Quant à mes yeux, ils vont de la montre digitale — mon vol retour n'est-il pas dans quelques heures ? — aux numéros des boîtes aux lettres qui longent cette rue résidentielle bordée d'arbres. Comme la radio est allumée, j'écoute en même temps les nouvelles. C'est ainsi que je fonctionne, en faisant cinq choses à la fois.

« Reviens en arrière, dis-je au producteur, je veux réécouter ce passage.

— D'accord, ça va prendre une seconde. »

Me voilà devant la maison. Je freine et renverse le café sur mes genoux. J'arrête la voiture. J'aperçois un grand érable japonais, et trois silhouettes assises près de l'arbre, dans l'allée, un jeune homme et une femme d'un certain âge encadrant un petit vieux sur une chaise roulante.

Morrie.

À la vue de mon vieux professeur, je me fige.

«Allô? me lance le producteur à l'oreille, tu es toujours là?»

Cela fait seize ans que je ne l'ai pas vu. Ses cheveux sont plus fins, presque blancs, et son visage est décharné. Je me sens tout à coup si peu préparé à cette rencontre. Toujours collé au téléphone, j'espère qu'il n'a pas remarqué mon arrivée et que je pourrai faire plusieurs fois le tour du pâté de maisons pour finir ma conversation et me préparer mentalement. Mais Morrie, du moins la nouvelle version malingre d'un homme que j'ai si bien connu autrefois, Morrie donc sourit en direction de la voiture, les mains croisées sur les genoux, attendant que je sorte.

«Alors? répète le producteur, tu es là?»

Ne serait-ce que pour tout le temps que nous avons passé ensemble, pour toute la patience et la bonté dont Morrie a fait preuve quand j'étais jeune, j'aurais dû laisser tomber mon téléphone, sauter hors de la voiture, et courir le prendre dans mes bras pour l'embrasser.

Au lieu de cela, j'arrête le moteur, et je plonge en avant comme si je cherchais quelque chose.

«Oui, oui, je suis là», dis-je dans un murmure, continuant ma conversation avec le producteur de télévision, jusqu'à ce que nous ayons terminé.

En fait, je fais ce que je sais faire de mieux : mon travail, alors que mon professeur qui va mourir m'attend sur le pas de sa porte. Je n'en suis pas fier mais c'est ce que j'ai fait.

Cinq minutes plus tard, Morrie me serre dans ses bras. Je sens ses cheveux fins contre ma joue. Je lui ai raconté que je cherchais mes clés, c'est pourquoi je suis resté si longtemps dans la voiture. Alors je le serre plus fort encore, comme pour écraser mon mensonge. Bien qu'il fasse chaud sous le soleil de printemps, Morrie porte un coupe-vent et il a une couverture sur les jambes. Sa peau dégage une odeur légèrement âcre, comme cela arrive chez les gens qui prennent des médicaments. Son visage près du mien, je peux entendre son souffle laborieux.

« Mon vieil ami ! chuchote-t-il, enfin, tu es revenu ! »

Il ne me lâche pas, se balance accroché à mes coudes, tandis que je suis là penché au-dessus de lui. Je suis surpris par cette manifestation d'affection, après tant d'années. Ce mur de pierre entre mon passé et mon présent m'a-t-il fait oublier à quel point nous étions proches autrefois ? Je me souviens du jour de la remise des diplômes, la serviette en cuir, ses larmes au moment du départ, mais je ravale mes souvenirs car je sais au fond de moi-même que je ne suis plus ce bon étudiant porteur de présents dont il a gardé le souvenir.

J'espère seulement que je vais pouvoir donner le change dans les heures qui suivent.

Nous voilà à l'intérieur, assis à une table en noyer, près d'une fenêtre qui donne sur la maison du voisin. Morrie s'agite dans son fauteuil. Il cherche une position confortable. À son habitude, il m'offre quelque chose à manger et j'accepte. L'une de ses aides, une Italienne assez forte, du nom de Connie, me coupe du pain, des tomates et m'apporte des barquettes en plastique avec de la salade de poulet, de la purée de pois chiche et du taboulé.

Elle apporte aussi des pilules. Morrie jette un regard dessus en soupirant. Ses yeux sont plus enfoncés que dans mon souvenir, et ses pommettes plus saillantes. Cela lui donne un aspect plus dur, plus vieux, sauf quand il sourit bien sûr : On dirait alors que ses joues flasques se relèvent comme des rideaux.

« Mitch, dit-il d'une voix tendre, tu sais que je vais mourir. »

Je sais.

« C'est bien. » Morrie avale ses pilules, repose le gobelet en carton, inspire un grand coup et me demande : « Veux-tu que je te raconte comment c'est ? »

Comment c'est ? de mourir ?

« Oui », dit-il

Je ne m'en rends pas compte, mais notre dernier cours vient de commencer.

C'est ma première année à l'université. Morrie est plus âgé que la plupart des professeurs, et moi je suis plus jeune que la majorité des étudiants, car j'ai terminé ma scolarité avec un an d'avance. Pour compenser mon jeune âge, je porte de vieux pulls gris, fais de la boxe et me promène une cigarette éteinte aux lèvres, alors que je ne fume même pas. Je conduis une Mercury Cougar pourrie, fenêtres ouvertes, la musique à fond. Je cherche à prouver que j'existe en jouant les durs, mais c'est la tendresse de Morrie qui m'attire. Et parce qu'il ne me regarde pas comme un gamin qui cherche à se vieillir, je me détends.

Ayant terminé un premier cycle avec lui, je m'inscris pour le suivant. Morrie est un correcteur indulgent. Il n'est pas obsédé par les notes. On dit même que pendant la guerre du Vietnam, il donnait des bonnes notes à tous les garçons pour les aider à prolonger leur sursis.

Je me mets à l'appeler « Coach »*, comme je le fai-

---

* Entraîneur en anglais. (N.d.T.)

sais avec mon entraîneur au lycée. Morrie aime bien ce surnom.

« Va pour Coach, je serai ton entraîneur et tu seras mon joueur. Tu pourras jouer tous ces jolis rôles de la vie que je n'ai plus l'âge de jouer. »

Parfois, nous déjeunons ensemble à la cafétéria. À ma grande satisfaction, Morrie mange encore plus salement que moi. Il parle au lieu de mâcher, rit la bouche grande ouverte, sort une pensée forte la bouche pleine d'une salade aux œufs dont les petits bouts jaunes lui sortent à travers les dents.

Cela me rend fou ! Pendant toutes ces années, j'ai deux obsessions, le serrer dans mes bras, et lui donner une serviette de table.

La salle de cours

Le soleil qui pénètre maintenant par la fenêtre de la salle à manger éclaire le parquet. Cela fait près de deux heures que nous parlons. Le téléphone n'a pas cessé de sonner. C'est Connie qui prend les appels. Elle note les noms sur un petit carnet de rendez-vous noir. Des amis, des maîtres de méditation, un groupe de discussion, quelqu'un qui veut photographier Morrie pour un magazine.

De toute évidence, je ne suis pas le seul à vouloir rencontrer mon vieux professeur. Son passage à «Nightline» lui a valu une sorte de notoriété. Je suis impressionné pourtant, et peut-être même un peu envieux de tous ces amis que Morrie semble avoir. Je pense à tous les «potes» qui gravitaient autour de moi à l'université. Que sont-ils devenus?

«Tu sais, Mitch, maintenant que je suis en train de mourir, les gens s'intéressent beaucoup plus à moi.»

Vous avez toujours été intéressant.

Morrie sourit:

«C'est gentil à toi.»

Dans mon for intérieur, je pense : « Non, je ne suis pas gentil. »

« C'est comme ça, continue Morrie, les gens me voient comme un pont. Je ne suis plus aussi vivant qu'avant, mais je ne suis pas encore mort. Je suis dans une sorte d'entre-deux… »

Il tousse puis retrouve son sourire.

« Je me prépare au grand voyage, et les gens veulent que je leur dise ce qu'il faut emporter. »

Le téléphone sonne à nouveau.

« Morrie, veux-tu le prendre ? demande Connie.

— Je suis avec mon vieux copain, qu'ils rappellent. »

Je ne sais pas pourquoi il me reçoit avec tant de chaleur. Je n'ai plus grand-chose à voir avec l'étudiant prometteur qu'il a connu seize ans plus tôt. Sans cette émission de télévision, Morrie serait sans doute mort sans me revoir. Je n'ai aucune excuse à cela, sinon celle que tout le monde invoque aujourd'hui. Je suis trop absorbé par le chant de sirène de ma propre vie. Je suis trop occupé.

Mais que suis-je devenu ?

De sa voix aiguë, légèrement éraillée, Morrie me ramène à mes années à l'université. Je pensais alors que les riches représentaient le mal et que porter une chemise et une cravate c'était enfiler une tenue de prisonnier. Je pensais que la vie sans la liberté d'aller le nez au vent, en moto, dans les rues de Paris ou jusqu'aux montagnes du Tibet, ce n'était pas la vie. *Que suis-je devenu ?*

Il y a eu les années quatre-vingt, puis les années quatre-vingt-dix. Il y a eu la mort, la maladie, et puis j'ai pris de l'embonpoint et j'ai commencé à perdre mes cheveux. J'ai troqué bon nombre de rêves contre un salaire de plus en plus gros, et je n'ai jamais pris conscience de tout cela.

Et voilà que Morrie me parle avec enthousiasme de nos années à l'université, comme si j'étais simplement parti pour de longues vacances.

«As-tu trouvé quelqu'un à aimer? me demande-t-il.

«Donnes-tu de ton temps aux autres?

«Es-tu en paix avec toi-même?

«Est-ce que tu essaies d'être aussi humain que possible?»

Je me tortille sur ma chaise, j'essaie de montrer que je me suis déjà colleté sérieusement avec ces questions. *Que suis-je devenu?*

Je m'étais promis autrefois de ne jamais travailler pour de l'argent, de m'engager dans le mouvement des Volontaires pour la Paix, de ne vivre que dans des endroits beaux et stimulants.

Au lieu de cela, voilà dix ans que je travaille au même endroit, à Detroit, dix ans que j'ai la même banque et le même coiffeur. J'ai trente-sept ans. Je suis bien plus efficace que je ne l'étais à l'université, collé comme je le suis aux ordinateurs, aux modems et aux téléphones portables. J'écris des articles sur des riches athlètes, qui pour la plupart se fichent pas mal des gens comme moi. Je ne suis plus parmi les plus jeunes dans mon métier, et je ne me promène plus en pull gris, une cigarette éteinte aux lèvres. Je ne discute plus du sens de la vie autour d'un sandwich aux œufs.

Mes journées sont bien remplies, et pourtant je reste presque toujours insatisfait.

Que suis-je donc devenu?

Coach, dis-je soudain, en me souvenant de ce surnom.

« Oui, je suis toujours ton coach », dit Morrie l'air rayonnant.

Il rit et se remet à manger. Cela fait quarante minutes qu'il a commencé son repas. Je l'observe maintenant. Il remue les mains avec précaution, comme s'il apprenait à s'en servir. Il n'arrive pas à tenir un couteau. Ses doigts tremblent. Chaque bouchée est un combat. Il mastique la nourriture jusqu'à ce qu'elle soit réduite en bouillie avant de l'avaler, si bien que parfois il s'en échappe un peu au coin des lèvres. Il lui faut alors poser sur la table ce qu'il tient à la main, pour se tamponner le visage avec une serviette. Des poignets aux articulations des doigts, sa peau est constellée de taches de vieillesse ; elle est si flasque que je ne peux m'empêcher de penser à la peau qui reste accrochée aux os dans une soupe au poulet !

Nous restons là un moment, lui le vieil homme malade et moi l'homme plus jeune en bonne santé, en train de manger, absorbant le calme de la pièce. Il y a une sorte de gêne dans ce silence, mais je crois bien que je suis le seul à la percevoir.

« Mourir, dit soudain Morrie, c'est triste bien sûr, Mitch. Mais vivre en étant malheureux, c'est encore pire. La plupart des gens qui viennent me rendre visite sont malheureux. »

Pourquoi ?

« D'abord, notre culture n'aide pas les gens à avoir une bonne opinion d'eux-mêmes. Notre enseignement est à côté de la plaque. Il faut être assez fort pour dire : si la culture ne vous convient pas, changez-en ! Créez la vôtre ! La plupart des gens en sont incapables. Ils sont plus malheureux que moi, même dans l'état où je me trouve.

« Je suis peut-être mourant, mais je suis entouré de gens qui m'aiment et qui font attention à moi. Combien peuvent en dire autant ? »

Je suis étonné qu'il ait si peu pitié de lui-même. Lui qui ne peut plus danser, se baigner, nager ou marcher. Lui qui ne peut plus ouvrir la porte, qui ne peut plus se sécher tout seul après une douche, ou même se retourner dans son lit. Comment fait-il pour accepter cela ? Je l'observe en train de se battre avec sa fourchette. Cela fait deux fois qu'il rate son morceau de tomate, quelle scène pathétique ! Et pourtant je ne peux pas nier qu'en sa présence j'éprouve une sérénité presque magique, la même brise calme que celle qui m'apaisait autrefois à l'université.

Je jette un coup d'œil sur ma montre — la force de l'habitude ! Il commence à se faire tard, et je me demande si je ne ferais pas mieux de changer ma réservation pour mon vol retour. C'est alors que Morrie a fait quelque chose qui me hante encore aujourd'hui.

« Tu sais comment je vais mourir ? »

Je lève les sourcils.

« Je vais mourir en suffoquant. Oui. Mes poumons ne vont pas tenir le coup, à cause de mon asthme. Cette sclérose envahit mon corps. Mes jambes sont déjà prises. Très bientôt ce sera le tour de mes bras et de mes mains. Et quand ça touchera les poumons... »

Il hausse les épaules.

« ... je serai foutu. »

Je ne sais pas quoi dire, aussi je bafouille : Vous savez... je veux dire... on ne sait jamais.

Morrie ferme les yeux.

«Je sais, Mitch. Il ne faut pas que tu aies peur de ma mort. J'ai eu une bonne vie, et nous savons tous que ça nous arrivera un jour. J'en ai peut-être encore pour quatre ou cinq mois. »

Allez, dis-je nerveusement. On ne peut pas savoir.

«Moi je sais, dit-il doucement. Un médecin m'a appris un petit test. »

Un test ?

«Prends quelques bonnes inspirations. »

Je fais ce qu'il me dit.

«Maintenant, encore une fois, mais cette fois-ci quand tu expires, compte jusqu'à ce que tu reprennes ton souffle. »

J'expire donc tout en comptant à toute vitesse «Un, deux, trois, quatre, cinq, six, sept, huit... » J'arrive à soixante-dix avant d'être au bout de mon souffle.

«Bien, dit Morrie, tu as des poumons en bon état. Maintenant, regarde jusqu'où je vais. »

Il expire, et commence à compter d'une petite voix tremblante : «Un, deux, trois, quatre, cinq, six, sept, huit, neuf, dix, onze, douze, treize, quatorze, quinze, seize, dix-sept, dix-huit. »

Il s'arrête, haletant.

«Quand le docteur m'a demandé de faire ça la première fois, je pouvais aller jusqu'à vingt-trois. Maintenant c'est dix-huit. »

Il ferme les yeux, secoue la tête.

«Mon réservoir est presque vide. »

Je tapote nerveusement mes cuisses. Cela suffit pour cet après-midi.

«Reviens voir ton vieux professeur», me dit Morrie tandis que je prends congé en le serrant dans mes bras.

Je promets de revenir, et j'essaie de ne pas penser à la dernière fois que je lui ai fait une promesse.

Je me trouve dans la librairie du campus. J'achète les livres que nous a conseillés Morrie. Des livres dont j'ignorais même l'existence : Jeunesse : Crise et Identité, Je et Tu, Le Moi divisé.

Avant d'arriver ici, je ne savais pas que les relations humaines pouvaient être un sujet d'étude. Avant de rencontrer Morrie, je ne le croyais pas.

Mais sa passion pour les livres est réelle et contagieuse. Il m'arrive d'avoir avec lui des conversations sérieuses, après le cours, quand la salle s'est vidée. Il m'interroge sur ma vie, puis il cite Erich Fromm, Martin Buber, Erik Erikson. Il se réfère souvent à eux, ne donnant son propre avis qu'incidemment, même si, de toute évidence, il partage leurs pensées. C'est à ces occasions-là que je me rends compte que Morrie est effectivement un professeur et pas une sorte d'oncle. Un après-midi, je me plains de ne pas savoir distinguer — ce qui d'ailleurs est propre à mon âge — ce qu'on attend de moi et ce que je veux pour moi-même.

« T'ai-je parlé de la tension des contraires ? » me demande-t-il.

La tension des contraires ?

« *La vie ne cesse de nous tirailler d'avant en arrière. On veut faire une chose, et on est obligé d'en faire une autre. Quelque chose nous blesse, et pourtant nous savons que cela ne devrait pas nous blesser. On prend certaines choses pour acquises, même si on sait qu'on ne devrait jamais rien prendre pour tel.*

« *La tension des contraires ! Imagine un élastique sous tension ! Nous vivons pour la plupart quelque part au milieu.* »

Cela fait penser à un match de catch.

« *Un match de catch ! reprend-il en riant, oui, tu peux décrire la vie de cette façon.* »

Alors, qui gagne ?

« *Qui gagne ?* »

Il plisse les yeux et sourit, découvrant ses dents de travers.

« *C'est l'amour qui gagne. L'amour gagne toujours.* »

La participation au cours

Je m'envole pour Londres quelques semaines plus tard. Je dois couvrir Wimbledon, le plus grand tournoi de tennis du monde, un des rares événements sportifs où la foule ne siffle pas et où personne n'est saoul dans les parkings. Le temps est chaud et couvert en Angleterre. Tous les matins, je longe à pied les rues bordées d'arbres qui mènent aux courts de tennis. Je croise des adolescents qui font la queue pour avoir des billets, et des marchands de fraises à la crème. À l'entrée, un kiosque à journaux étale une demi-douzaine de tabloïds colorés, avec des photos de femmes aux seins nus, des images de la famille royale volées par des paparazzi, des horoscopes, du sport, des tirages au sort, et quelques bribes d'informations. Sur un petit tableau noir appuyé contre la dernière pile de journaux, on peut lire le titre du jour. Quelque chose comme *Diana et Charles : rien ne va plus !* ou bien *Gazza réclame des millions à son équipe !*

Les gens se ruent dessus, dévorent les potins. J'ai toujours fait de même lors de mes précédents voyages en Angleterre, mais aujourd'hui, je me surprends à penser à Morrie chaque fois que je lis quelque chose d'idiot ou de creux. J'ai toujours son image à l'esprit, dans sa maison avec l'érable japonais et le parquet ciré, en train de mesurer ce qui lui reste de souffle, profitant le plus possible de chaque moment avec ceux qui lui sont chers. Pendant ce temps, je consacre trop de temps à des choses sans importance : des vedettes de cinéma, des top models, les derniers ragots sur la princesse Diana, sur Madonna ou encore sur John Kennedy junior. Aussi étrange que cela puisse paraître, j'envie la qualité du temps de Morrie même si je déplore qu'il lui en reste si peu. Pourquoi passons-nous notre temps à nous distraire de l'essentiel ? Chez moi, le procès O.J. Simpson bat son plein. Il y a des gens qui passent leur heure de déjeuner à le suivre à la télévision, et qui enregistrent la suite pour la regarder le soir. Ils ne connaissent pas O.J. Simpson. Ils ne connaissent pas une seule personne impliquée dans cette affaire. Et pourtant, ils perdent des journées ou des semaines de leur propre vie à assister, fascinés, au drame de quelqu'un d'autre.

Je me souviens de ce que m'a dit Morrie, lorsque je suis venu le voir : «*La culture n'aide pas les gens à avoir une bonne opinion d'eux-mêmes. Il faut être assez fort pour changer de culture, si elle ne vous convient pas.*»

Fidèle à ces mots, Morrie a développé sa propre culture, bien avant d'être malade. Dans des groupes de discussion, lors de promenades avec ses amis, en dansant comme il en avait envie dans l'église d'Harvard Square. Il avait démarré un projet baptisé La Serre, pour que des gens sans ressources puissent recevoir des soins psychiatriques. Il lisait énormément, à l'affût d'idées neuves pour ses cours, rendait visite à ses collègues, continuait à voir d'anciens étudiants, écrivait des lettres à de lointains amis. Il ne perdait pas son temps devant des sitcoms ou le «Film de la semaine» et en consacrait beaucoup à ses repas et à la contemplation de la nature. Il avait tissé une sorte de cocon d'activités humaines — fait de conversations, d'échanges, d'affection partagée — qui remplissait et nourrissait sa vie.

Moi aussi, j'ai développé ma propre culture. Celle du travail. Ici, en Angleterre, je jongle comme un clown avec quatre ou cinq boulots dans les médias. Je passe huit heures par jour sur un ordinateur, pour alimenter le flot continu des articles que j'envoie aux États-Unis. Puis je fais des émissions à la télévision, sillonnant Londres avec une équipe. Je téléphone matin et soir des sujets pour la radio. Ma charge de travail n'a rien d'anormal. Au fil des années, je m'en suis accommodé et j'ai mis tout le reste de côté.

À Wimbledon, je trouve tout à fait normal de prendre mes repas dans mon petit box en bois. Un jour de folie, une meute de reporters a essayé de poursuivre André Agassi et sa célèbre petite amie, Brooke Shields. J'ai été renversé par un photographe britannique qui s'est à peine excusé avant de passer comme un bolide, ses énormes objectifs métalliques accrochés au cou. Je me suis souvenu d'une autre parole de Morrie : «*Tant de gens vont et viennent dans une vie dénuée de sens. On dirait qu'ils sont à moitié endormis, même quand ils sont très occupés à faire ce qui leur paraît important. Sans doute se trompent-ils dans la poursuite de leurs objectifs... Ce qui donne un sens à la vie, n'est-ce pas de se consacrer à l'amour des autres, de ceux qui vous entou-*

rent, et de créer quelque chose qui donne un but et un sens à l'existence. »

Comme il a raison ! Mais je ne fais rien dans ce sens.

À la fin du tournoi, après avoir ingurgité un nombre incalculable de tasses de café pour tenir le coup, j'éteins mon ordinateur, débarrasse mon box et reviens à l'appartement pour faire mes valises. Il est tard. Il n'y a rien d'intéressant à la télévision.

Je m'envole pour Detroit, j'arrive tard dans l'après-midi, me traîne jusqu'à la maison et m'endors. Mais au réveil, je suis abasourdi : le syndicat de mon journal s'est mis en grève. Les locaux sont fermés. Il y a des piquets de grève devant l'entrée principale et des manifestants d'un bout à l'autre de la rue. Étant membre du syndicat, je n'ai pas le choix. Me voilà pour la première fois de ma vie sans boulot, sans paye, en conflit avec mes employeurs. Les responsables syndicaux m'appellent chez moi, et me mettent en garde contre tout contact avec les gens de la rédaction dont beaucoup sont d'ailleurs des amis. Ils me conseillent de raccrocher s'ils m'appellent pour essayer de plaider leur cause.

« On va se battre jusqu'à ce qu'on gagne ! » jurent-ils comme s'ils étaient en guerre.

Je me sens déconcerté et déprimé. Si mon travail à la télévision et à la radio reste un supplément agréable, le journal, c'est ma vie, mon oxygène. Quand je vois mes articles publiés tous les matins, je sais que dans un domaine au moins, je suis vivant.

Or maintenant tout cela est arrêté. La grève continue. Un, deux puis trois jours passent. Les gens qui m'appellent sont de plus en plus inquiets. Le bruit court que cela va peut-être durer des mois. Tout est bouleversé. Il y a tous les soirs des événements sportifs que je devrais couvrir. Au lieu de cela, je reste chez moi et je les regarde à la télévision. Je m'étais habitué à l'idée que mes lecteurs avaient besoin de ma rubrique. Je suis sidéré de constater comme on peut facilement se passer de moi.

Après une semaine de cette nouvelle vie, je prends mon téléphone et j'appelle Morrie. Connie l'amène près du combiné.

« Tu viens me voir », dit-il. C'est moins une question qu'une constatation.

Ah bon ! Je peux ?

« Mardi, ça irait ? »

Va pour mardi, dis-je. C'est parfait.

Lors de ma seconde année à l'université, je m'inscris à deux autres de ses cours. Nous avons l'habitude de nous voir de temps en temps en dehors de la salle de classe, juste pour parler. Je n'ai jamais fait cela avant avec un adulte qui ne soit pas de la famille, pourtant je me sens à l'aise avec Morrie, et lui ne semble pas avoir de mal à trouver du temps pour moi.

« Où irons-nous aujourd'hui ? » me demande-t-il d'un ton enjoué quand j'entre dans son bureau.

Au printemps, nous nous asseyons sous un arbre à l'extérieur du bâtiment de sociologie, et l'hiver, c'est près de son bureau que nous nous installons, moi dans mon sweat-shirt gris et mes Adidas, et lui dans ses Rockport et son pantalon de velours. Chaque fois que nous parlons, il m'écoute d'abord, puis il essaie de me transmettre une sorte de leçon de vie. C'est ainsi qu'il me met en garde contre la croyance si répandue sur le campus que l'argent est la valeur suprême. Il me dit que j'ai besoin d'être «pleinement humain». Il me parle de l'aliénation de la jeunesse, du besoin que j'ai d'être relié à la société qui m'entoure. Il y a des choses que je comprends et d'autres que je ne comprends pas. Cela n'a pas d'importance. La discussion me donne l'occasion de parler avec lui, d'avoir ces conversations de père à fils que je ne peux pas avoir avec mon propre père qui veut que je sois avocat.

Morrie déteste les avocats.

« Qu'est-ce que tu veux faire quand tu quitteras l'université ? » me demande-t-il.

Je veux être musicien. Je veux être pianiste.

« Merveilleux ! Mais c'est une vie dure. »

Oui.

« Il y a des tas de requins. »

C'est ce qu'on me dit.

« Pourtant, si c'est vraiment ce que tu veux faire, alors tu réaliseras ton rêve. »

J'ai envie de le serrer dans mes bras, de le remercier de m'avoir dit cela, mais je ne suis pas assez spontané pour cela. Je me contente d'approuver d'un signe de la tête.

« Je parie que tu joues du piano avec beaucoup de pep », dit-il encore.

Je ris.

Du pep ?

Riant à son tour :

« Qu'est-ce qu'il y a ? Pep, ça ne se dit plus ? »

Le premier mardi

Nous parlons du monde

Connie m'a ouvert et m'a fait entrer. Morrie est assis dans son fauteuil roulant, à la table de la cuisine. Il porte une chemise de coton ample, et un pantalon de survêtement noir encore plus large. Il flotte dans ses vêtements. Ses jambes ont tellement maigri ! On pourrait sans doute faire le tour de ses cuisses avec les mains !

Je vous ai apporté quelque chose, lui dis-je en tendant un sac en papier kraft. Je me suis arrêté sur le chemin de l'aéroport dans un supermarché. J'ai acheté de la dinde, de la salade de pommes de terre et de macaronis, et des *bagels**. La maison ne manque pas de vivres, je le sais, mais je veux apporter ma contribution. Je ne sais pas comment le faire autrement. Et puis, je me souviens que Morrie prenait un tel plaisir à manger.

« Oh ! tout ça ! Il va falloir que tu m'aides », dit-il de sa voix chantante.

* Petits pains en croissant ou en couronne. (N.d.T.)

Nous voilà assis à la table de la cuisine, entourée de chaises en osier. Cette fois-ci, n'ayant plus à raconter ce qui s'est passé depuis seize ans, nous nous laissons glisser dans les eaux familières de nos anciens dialogues. Morrie pose les questions, écoute mes réponses, et tel un chef devant ses casseroles, m'interrompt pour rajouter quelque chose que j'aurais oublié ou dont je n'aurais pas pris conscience. Il s'intéresse à la grève des journaux et, fidèle à lui-même, ne peut comprendre pourquoi les deux parties n'arrivent pas à communiquer pour résoudre leurs problèmes. Je lui réponds que tout le monde n'est pas aussi intelligent que lui.

Il lui arrive d'être obligé de s'arrêter pour aller aux toilettes, un exercice qui prend un certain temps. Connie le pousse dans son fauteuil jusqu'aux W.-C., puis le soulève et le soutient pendant qu'il urine dans le vase. Au retour, il a toujours l'air fatigué.

« Tu te souviens quand j'ai dit à Koppel qu'il faudra bientôt quelqu'un pour m'essuyer le derrière ? »

Je ris. On n'oublie pas un moment comme celui-là.

« Je pense que ce jour arrive, et cela m'ennuie. »

Pourquoi ?

« Quelqu'un qui vous essuie les fesses, c'est l'ultime dépendance. Mais je travaille là-dessus. J'essaie d'imaginer la chose d'une manière agréable. »

D'une manière agréable ?

« Oui, après tout, il s'agit d'accepter de redevenir un bébé. »

C'est une manière singulière de voir les choses.

« Ne faut-il pas que je voie la vie d'une manière singulière maintenant ? Regardons les choses en face. Je ne peux plus faire mes courses. Je ne peux plus gérer mon compte en banque, ni sortir la poubelle. Mais je peux rester là assis, avec mes jours qui diminuent, et réfléchir à ce qui est important dans la vie. J'ai à la fois le temps et une bonne raison de le faire. »

Si je comprends bien, dis-je en voulant être cynique, pour trouver le sens de sa vie, il suffit de ne plus sortir sa poubelle.

Il prend cela en riant, et ça me soulage.

Pendant que Connie débarrasse les assiettes, je remarque une pile de journaux qui ont été lus de toute évidence.

Vous vous donnez la peine de lire les journaux ?

« Oui, cela t'étonne ? Tu penses que, parce que je vais mourir, je ne devrais plus m'intéresser à ce qui se passe dans le monde ? »

Peut-être.

Il soupire.

« Tu as sans doute raison. Peut-être ne devrais-je plus m'en soucier. Après tout, je ne serai plus là pour voir comment tout cela va finir.

« C'est difficile à expliquer, Mitch. Maintenant que je souffre, je me sens plus proche de ceux qui souffrent que je ne l'étais avant. L'autre soir, à la télévision, j'ai vu des gens en Bosnie traverser les rues en courant, être mitraillés et tués… des victimes innocentes… Je me suis mis à pleurer. Je sens leur angoisse comme si c'était la mienne. Je ne connais aucune de ces personnes. Mais — comment dire ? — je suis comme… attiré vers elles. »

Des larmes lui montent aux yeux, et j'essaie de changer de sujet, mais il se tamponne le visage et écarte d'un geste ma tentative.

« Je pleure tout le temps, maintenant ; dit-il, ne t'inquiète pas. »

Je n'en reviens pas. Moi qui travaille dans l'information, moi qui couvre des histoires dans lesquelles les gens meurent, qui interroge des familles en deuil, qui assiste même aux funérailles, je ne pleure jamais. Morrie, lui, pleure sur la souffrance de gens qui se trouvent à des milliers de kilomètres. Cela me surprend. *Est-ce ainsi que cela se passe, à la fin ?* La mort est peut-être une grande nivelleuse, en fin de cor pte la seule chose qui peut amener des étrangers à verser une larme les uns pour les autres.

Morrie se mouche bruyamment.

« Cela ne te choque pas trop, un homme qui pleure ? »

Bien sûr que non, dis-je un peu trop vite.

« Ah, Mitch, je vais te décoincer, dit-il avec un grand sourire, tu vas voir, un jour, je vais te montrer que tu peux pleurer. »

Ouais, ouais, dis-je.

« Ouais, ouais » reprend-il.

Cela nous fait rire, parce qu'il disait la même chose, il y a presque vingt ans. Généralement le mardi. En fait, le mardi a toujours été notre jour. La plupart des cours de Morrie avaient lieu le mardi. Ses permanences à son bureau étaient le mardi, et quand j'ai fait mon mémoire de fin d'études — grâce aux suggestions de Morrie — c'était le mardi encore que nous nous retrouvions, près de son bureau, ou à la cafétéria, ou encore sur les marches de Pearlman Hall, pour revoir mon travail.

Cela semble aller de soi que nous nous retrouvions le

mardi, ici, dans la maison à l'érable japonais. Tandis que je me prépare à partir, je le fais remarquer à Morrie.

«Nous sommes des gens du mardi», dit-il.

Des gens du mardi.

Morrie sourit.

«Mitch, tu m'as demandé comment je peux m'intéresser à des gens que je ne connais même pas. Veux-tu savoir ce que j'apprends le plus avec cette maladie?»

C'est quoi?

«Le plus important dans la vie, c'est d'apprendre à aimer et à se laisser aimer.»

Il a baissé le ton.

«Laisse-toi aimer. On pense qu'on ne mérite pas d'être aimé, on pense que si on se laisse aimer, on va devenir trop mou. Mais, comme le disait ce sage, Steven Levine, l'amour est le seul acte rationnel.»

Il répète alors soigneusement, non sans avoir marqué une pause pour en augmenter l'effet : «L'amour est le seul acte rationnel.»

J'approuve d'un signe de la tête, comme un bon étudiant, et il laisse échapper un faible soupir. Je me penche sur lui pour le prendre dans mes bras et, bien que cela ne me ressemble pas vraiment, je l'embrasse sur la joue. Je sens ses mains faibles sur mes bras, et ses favoris clairsemés qui me grattent le visage.

«Alors, tu reviens mardi prochain»? demande-t-il à voix basse.

Il entre dans la salle, et s'assied sans dire un mot. Il nous regarde et nous le regardons. D'abord, on entend quelques ricanements, mais Morrie se contente de hausser les épaules, et finalement un profond silence s'installe. On commence à remarquer les sons les plus faibles, le radiateur qui bourdonne, la respiration nasale de l'un des étudiants obèses.

Quelques-uns s'agitent. Quand va-t-il enfin dire quelque chose ? On se tortille sur son banc, on consulte sa montre. Certains regardent par la fenêtre, avec l'air de dominer la situation. Il se passe un bon quart d'heure avant que Morrie ne rompe finalement le silence en chuchotant :

« Qu'est-ce qui se passe ici ? »

Alors lentement commence la discussion que Morrie attendait depuis le début, sur l'impact du silence sur les relations humaines. Pourquoi sommes-nous gênés par le silence ? Quel bien-être trouvons-nous dans tout ce bruit ?

Le silence ne me gêne pas. Malgré tout le bruit que je fais avec mes amis, je n'aime pas parler de mes sen-

timents devant les autres, surtout devant mes camarades d'études. Je peux rester assis des heures sans parler, si le cours l'exige.

À la sortie, Morrie m'arrête :

« Tu n'as pas dit grand-chose aujourd'hui. »

Je ne sais pas pourquoi. Je crois que je n'avais rien à dire.

« Je pense que tu as beaucoup de choses à dire. En fait, Mitch, tu me rappelles quelqu'un qui, lui aussi, aimait garder les choses pour lui quand il était plus jeune. »

Qui ?

« Moi. »

Le deuxième mardi

Nous parlons de l'apitoiement sur soi

Je reviens le mardi suivant, et de nombreux autres mardis par la suite. J'attends ces visites avec plus d'impatience qu'on ne pourrait le penser, quand on sait que je fais plus de mille kilomètres en avion pour venir m'asseoir près d'un homme qui va bientôt mourir. Il semble que j'entre doucement dans un autre temps quand je suis avec Morrie, et j'ai une meilleure opinion de moi-même quand je suis là-bas. Je ne loue plus de téléphone portable pour les trajets depuis l'aéroport. *Qu'ils attendent!* me dis-je en imitant Morrie.

À Detroit, la situation au journal ne s'arrange pas. En fait, elle est devenue de plus en plus démente, avec de méchants affrontements entre les piquets de grève et les « jaunes ». Des gens couchés en travers de la rue devant le camion de livraison ont été arrêtés et bastonnés.

Dans ce contexte, mes visites chez Morrie me donnent l'impression de me purifier dans un bain de bonté humaine. Nous parlons de la vie et nous parlons d'amour. Nous parlons surtout d'un de ses sujets favoris, la compassion, et des raisons pour lesquelles il y en a si peu dans notre société. Avant ma troisième visite, je m'arrête dans un magasin appelé « Bread and Circus ». J'ai vu leur sac chez Morrie et je me suis imaginé qu'il aime leurs produits. Aussi je fais le plein de barquettes en plastique dans leur rayon de produits frais et j'emporte des vermicelles aux légumes, de la soupe aux carottes et du baklava.

J'entre dans le bureau de Morrie, brandissant les sacs comme si je venais de dévaliser une banque.

— Voilà la bouffe.

Morrie roule les yeux et sourit.

Pendant ce temps, j'observe les signes de l'avancée de la maladie. Ses doigts bougent encore assez pour lui permettre d'écrire avec un crayon, ou de prendre ses lunettes. Mais il ne peut plus lever ses bras beaucoup plus haut que la poitrine. Il passe de moins en moins de temps dans la cuisine ou dans le salon. Il reste davantage dans son bureau, où il a un grand fauteuil inclinable, garni d'oreillers, de couvertures et de petits coussins de mousse faits sur mesure pour soutenir ses pieds et ses jambes détériorés.

Il garde une clochette près de lui. Ainsi lorsqu'il a besoin qu'on lui bouge la tête ou d'aller sur la « chaise percée », comme il l'appelle, il secoue la cloche et arrivent Connie, Tony, Bertha ou Amy, sa petite armée de travailleurs à domicile. Ce n'est pas toujours facile pour lui de soulever la cloche, et il se sent frustré quand il n'y arrive pas.

Je demande à Morrie s'il éprouve de la pitié pour lui-même.

« Parfois, le matin, dit-il. Quand je pleure ce que j'ai perdu. Je fais le tour de mon corps, je bouge mes doigts et mes mains — ce que je peux encore bouger — et je pleure. Je pleure sur cette lente et insidieuse façon que j'ai de mourir. Et puis je cesse de me lamenter. »

Comme ça ?

« Je pleure un bon coup, si j'en ai besoin. Ensuite, je me concentre sur les bonnes choses qu'il y a encore dans ma vie. Sur les gens qui viennent me voir. Sur les histoires que je vais entendre. Sur toi, si nous sommes le mardi. Parce que nous sommes des gens du mardi, n'est-ce pas ? »

Je lui fais un large sourire. Des gens du mardi !

« Mitch, je ne me permets pas de m'apitoyer plus sur mon sort. Un peu chaque matin, quelques larmes, et puis c'est fini. »

Je pense à tous ces gens que je connais qui passent le plus clair de leurs journées à se plaindre. Comme ce serait utile d'imposer une limite quotidienne à l'auto-apitoiement. Juste quelques minutes pour pleurer un bon coup, et puis en route pour la journée. Et puisque Morrie peut le faire, avec une maladie aussi atroce...

« Ce n'est atroce que si tu penses que ça l'est, dit Morrie. C'est horrible de regarder mon corps mourir à petit feu. Mais il y a quelque chose de merveilleux dans le temps que cela me laisse pour dire au revoir.

« Tout le monde n'a pas cette chance », ajoute-t-il en souriant.

Je l'observe dans sa chaise longue, incapable de se lever, de se laver, d'enfiler son pantalon. Cette chance ? A-t-il vraiment dit : cette chance ?

Pendant une des pauses, quand Morrie doit aller aux toilettes, je feuillette le journal de Boston qui se trouve près de son fauteuil. On y raconte l'histoire d'un trou perdu où deux adolescentes ont torturé et tué un homme de soixante-treize ans qui les avait prises en amitié. Puis elles ont donné une fête dans son mobile home pour montrer le cadavre. On y parle aussi du procès qui va bientôt s'ouvrir d'un hétérosexuel qui a tué un homosexuel après que ce dernier eut divulgué lors d'une émission de télévision son amour pour lui.

Je remets le journal à sa place. Voilà Morrie qui revient, souriant comme à l'habitude, poussé dans son fauteuil roulant par Connie. Elle s'apprête à l'installer dans son fauteuil inclinable. Je demande :

Voulez-vous que je le fasse ?

Il y a un moment de silence, et je ne suis même pas sûr de la raison pour laquelle je viens de lui proposer cela. Mais Morrie regarde Connie et lui dit :

« Tu veux bien lui montrer comment faire ?

— Bien sûr », dit Connie.

Suivant ses instructions, je me penche en avant, bloque mes avant-bras sous les aisselles de Morrie, et le tire vers moi, comme si je soulevais une grosse souche. Puis je me redresse, et le hisse en me relevant. D'habitude, quand on soulève quelqu'un, on s'attend à ce que ses bras se serrent autour de vous, mais Morrie ne peut pas faire cela. C'est presque un poids mort, et je sens sa tête qui dodeline doucement sur mon épaule, son corps affaissé contre moi comme une grande miche de pain humide.

« Ahhhh ! » gémit-il doucement.

Ça y est, ça y est.

Le tenir comme ça m'émeut d'une manière indescriptible, je sens la mort tapie à l'intérieur de sa carcasse ratatinée. Tandis que je l'allonge sur son fauteuil, et cale sa tête sur les oreillers, je réalise que nous n'en avons plus pour longtemps et cela me donne froid dans le dos.

Il faut que je fasse quelque chose.

Nous sommes en 1978, toujours à l'université. Le disco et le film Rocky *font rage. Nous assistons à un cours de sociologie inhabituel, un «processus de groupe» comme l'appelle Morrie. Chaque semaine on étudie la manière dont les étudiants interagissent les uns avec les autres, comment ils répondent à la colère, à la jalousie, à l'attention. Nous sommes des sortes de rats de laboratoire humains. Le plus souvent, quelqu'un finit par pleurer. J'ai baptisé ce cours : «Touche-touche émotion». Morrie me reproche de ne pas avoir l'esprit plus ouvert.*

Ce jour-là, Morrie nous propose l'exercice suivant. On doit se tenir debout, sans regarder ses camarades, et se laisser tomber en arrière, en comptant sur un autre étudiant pour nous rattraper. La majorité d'entre nous n'est pas à son aise dans cet exercice. Nous ne pouvons nous laisser aller plus de quelques centimètres, avant de nous redresser nous-mêmes. Il y a des rires gênés.

Finalement, une étudiante, une fille brune, menue, l'air calme, portant presque toujours, je l'ai remarqué, d'immenses pulls marins blancs, finit par croiser ses bras sur sa poitrine et, fermant les yeux, se laisse tomber en arrière sans broncher. On dirait un de ces spots publicitaires pour le thé Lipton, où le mannequin fait une magnifique gerbe en plongeant dans la piscine.

L'espace d'un instant, je suis sûr qu'elle va tomber de tout son long sur le sol. Mais au dernier moment, son partenaire assigné la saisit par la tête et les épaules et la relève d'un coup sec et un peu brutal.

« Whoa ! » Plusieurs étudiants hurlent. Quelques-uns applaudissent.

Morrie finit par sourire.

« Tu vois, dit-il à la fille, tu as fermé les yeux. C'est ce qui a fait la différence. Quelquefois on ne peut pas croire ce qu'on voit, il faut croire ce qu'on sent. Et si vous voulez que d'autres aient confiance en vous, vous devez sentir que vous pouvez leur faire confiance aussi — même si vous êtes dans le noir. Même si vous tombez. »

Le troisième mardi

Nous parlons des regrets

Le mardi suivant, j'arrive avec mes sacs de nourriture habituels, des pâtes avec du maïs, de la salade de pomme de terre, une tourte aux pommes, et puis quelque chose de nouveau, un magnétophone Sony.

En effet, je veux me souvenir de nos conversations, dis-je à Morrie. Je veux avoir votre voix pour l'écouter... plus tard

« Quand je serai mort. »

Ne dites pas ça.

« Mitch, je vais mourir tôt ou tard. Et plutôt tôt que tard », dit-il en riant.

Il examine le nouvel appareil. « Il est énorme », dit-il. Je me sens intrusif, comme souvent les reporters, et je commence à penser qu'un magnétophone entre deux personnes censées être des amis, c'est insolite, artificiel. Comme tous les gens qui réclament à cor et à cri un peu de son temps, je suis sans doute en train d'essayer de trop vouloir emporter de nos entretiens du mardi.

Écoutez, dis-je en ramassant le magnétophone, nous n'avons pas besoin de ça. Si ça vous gêne...

Il m'arrête d'un mouvement du doigt, ôte les lunettes de son nez, les laissant pendre au bout du cordon qu'il porte autour du cou, et me regarde droit dans les yeux.

«Pose ça», dit-il.

Je pose le magnétophone.

«Mitch, continue-t-il d'une voix plus douce, tu ne comprends pas. Je veux absolument te parler de ma vie. Je veux t'en parler avant qu'il ne soit trop tard.»

Et dans un chuchotement :

«Je veux quelqu'un pour entendre mon histoire, veux-tu être celui-là?»

Je fais signe que oui.

Nous restons un moment silencieux.

«Bon, alors c'est branché?»

À vrai dire, ce magnétophone n'est pas seulement là pour combler ma nostalgie. Je suis en train de perdre Morrie, nous sommes tous en train de le perdre, sa famille, ses amis, ses anciens étudiants, ses collègues, ses copains des groupes de discussion politique qu'il aime tant, ses anciennes partenaires de danse, nous tous. Et je suppose que les cassettes, comme les photographies et les vidéos, sont des tentatives désespérées de voler quelque chose à la mort.

Il est clair que je ne connais personne qui sache regarder la vie comme Morrie — avec son courage, son humour, sa patience et son ouverture d'esprit. Son point de vue est plus sain et plus sage. *Quand je pense qu'il va mourir!*

Si regarder la mort en face rend la pensée à la fois lucide et sensible au mystère de la vie, alors je sais que Morrie veut partager cela. Et moi, je veux m'en souvenir aussi longtemps que je pourrai.

La première fois que j'ai vu Morrie à «Nightline», je me suis demandé s'il avait eu des regrets, quand il a su que sa mort était imminente. A-t-il regretté d'avoir perdu des amis ? Aurait-il vécu différemment ? Très égoïstement, je me demande ce que j'éprouverais à sa place. Serais-je rongé de tristesse en pensant à tout ce que j'ai manqué ? Regretterais-je les secrets que j'ai gardés enfouis en moi ?

J'en fais part à Morrie, qui acquiesce :

«N'est-ce pas ce qui nous inquiète tous ? Que se passerait-il en moi si aujourd'hui était mon dernier jour sur terre ?»

Il observe mon visage et sans doute perçoit-il que j'hésite sur mes propres choix. En effet, je me vois m'effondrer sur mon bureau, un jour, au beau milieu d'un article, mes employeurs arrachant la copie alors même que les médecins emporteraient mon corps.

«Mitch ?»

Je secoue la tête, mais ne dis rien. Morrie revient sur mon hésitation.

«Mitch, dit-il, notre culture ne t'encourage pas à penser à ce genre de chose avant d'être au seuil de la mort. On est tellement empêtré dans ses désirs égoïstes, la carrière, la famille, l'argent, les échéances à payer, l'achat d'une voiture, le radiateur qu'il faut changer quand il casse. On est impliqué dans un million de petits actes, simplement pour que la vie continue. Aussi on n'a pas l'habitude de prendre un peu de recul et de se demander : Est-ce donc tout ? Est-ce là tout ce que je veux ? N'y a-t-il pas autre chose ? »

Il s'arrête.

« Tu as besoin qu'on t'aide à aller voir de ce côté-là. Cela ne se fera pas tout seul. »

Je sais ce qu'il veut dire. Nous avons tous besoin de professeurs dans nos vies.

Et le mien est assis en face de moi.

Bien ! Je suppose que si je dois jouer le rôle d'étudiant, alors autant être aussi sérieux que possible.

Dans l'avion qui me ramène chez moi, je dresse une petite liste des problèmes et questions qui nous tenaillent tous, le bonheur, la vieillesse, les enfants, la mort. Bien sûr, il existe un million de livres sur ces sujets, des tas d'émissions de télévision, des consultations à cinq cents francs l'heure. L'Amérique est devenue le grand bazar des techniques de développement personnel.

Mais il ne semble pas y avoir pour autant de réponses claires. Faut-il prendre soin des autres ou de son enfant intérieur ? Faut-il revenir aux valeurs traditionnelles ou rejeter une tradition devenue inutile ? Faut-il rechercher le succès ou la simplicité ? Faut-il savoir dire non ou faire les choses sans se poser de questions ?

Tout ce que je sais, c'est que Morrie, mon vieux professeur, n'a rien à voir avec ce commerce-là. Il se tient debout sur la voie, et il entend déjà siffler la locomotive de la mort. Lui voit clairement ce qui importe dans la vie.

J'aspire à cette clarté. Toutes les âmes confuses et torturées que je connais aspirent à cette clarté.

« Tu peux me demander ce que tu veux », répète Morrie.

Je dresse donc la liste suivante :

la mort
la peur
la vieillesse
l'envie
le mariage
la famille
la société
le pardon
le sens de la vie.

J'ai cette liste dans mon sac quand je reviens pour la quatrième fois à West Newton, un mardi de la fin août. La climatisation de l'aéroport est en panne, les gens s'éventent, s'épongent le front avec colère, et il n'y a personne qui n'ait l'air prêt à tuer quelqu'un.

À l'aube de ma dernière année à l'université, j'ai déjà suivi tant de cours de sociologie qu'il ne me manque plus que quelques certificats pour avoir mon diplôme. Morrie me suggère d'essayer d'écrire un mémoire.

Un mémoire sur quoi ?

« Qu'est-ce qui t'intéresse ? »

Nous examinons la question sous toutes les coutures, avant de nous décider pour la chose la plus inattendue, le sport. Je me lance donc dans une étude d'un an sur la manière dont le football américain en Amérique est devenu une sorte de rituel, presque une religion, l'opium du peuple. Il ne me vient pas à l'esprit que ce travail pourra me servir plus tard... Je sais simplement que cela va me donner une séance hebdomadaire de plus avec Morrie.

C'est ainsi qu'avec son aide je rédige pour le printemps un mémoire de cent douze pages, bien documenté, avec toute une recherche, une bibliographie, le tout joliment relié en cuir noir. Je le montre à Morrie avec la fierté d'un jeune joueur de base-ball qui vient de marquer son premier point.

« *Félicitations !* » me lance Morrie.

Pendant qu'il le feuillette, je jette un coup d'œil autour de moi. Les étagères de livres, le parquet ciré, le tapis, le canapé. Je me fais la réflexion qu'il n'y a pas un endroit de cette pièce où je ne me suis assis.

« *Je ne sais pas, Mitch...* Morrie réfléchit à voix haute, ajustant ses lunettes pendant qu'il lit, *mais avec un travail comme celui-là, il faudrait peut-être que tu reviennes pour un troisième cycle.* »

D'accord !

Je ricane, mais l'idée est attrayante sur le moment. Une part de moi a très peur d'arrêter les études, une autre veut désespérément partir. La fameuse tension des contraires ! Je regarde Morrie lire mon mémoire, et je me demande comment cela va se passer une fois que je serai lancé dans le vaste monde.

L'émission de télévision
deuxième partie

« Nightline » fait une deuxième émission sur Morrie, la première ayant eu un impact particulièrement fort. Cette fois-ci, cameramen et producteurs se sentent comme s'ils faisaient partie de la famille, dès leur arrivée. Koppel lui-même est sensiblement plus chaleureux. Il n'y a pas de préliminaires, ni d'interview avant l'interview. Pour se mettre en route, Koppel et Morrie se racontent des histoires de leur enfance respective : Koppel a été élevé en Angleterre et Morrie dans le Bronx. Morrie porte une chemise bleue à manches longues, car il a presque toujours froid, même quand il fait trente degrés dehors. Quant à Koppel, il a retiré sa veste. Il va faire l'interview en chemise et cravate. On dirait que Morrie ôte ses barrières l'une après l'autre.

« Vous avez l'air bien, dit Koppel dès que l'enregistrement commence.

— C'est ce que tout le monde me dit, réplique Morrie.

— Vous avez une bonne voix.

— C'est ce que tout le monde me dit.

— Alors, comment savez-vous que les choses empirent ?»

Morrie soupire.

«Personne d'autre que moi ne peut le savoir, Ted. Mais je le sais.»

Au moment où il le dit, cela paraît évident. Il ne parle plus avec ses mains aussi librement qu'il le faisait lors du premier entretien. Il a du mal à prononcer certains mots. Le son «l» semble coincé dans sa gorge. Dans quelques mois, il pourrait ne plus parler du tout.

«Voilà comment je me sens, commence Morrie. Quand j'ai des gens ou des amis près de moi, je suis au mieux. Les relations aimantes me maintiennent.

«Mais il y a des jours où je suis déprimé. Ne vous y trompez pas. Je vois que certaines choses s'en vont, et j'éprouve un sentiment d'effroi. Que vais-je devenir sans mes mains ? Qu'arrivera-t-il quand je ne pourrai plus parler ? Avaler, je ne m'en préoccupe pas trop. On me nourrira avec une sonde, et alors ? Mais ma voix ? mes mains ? Ce sont des parties tellement essentielles de moi. J'ai besoin de ma voix pour parler, de mes mains pour m'exprimer. C'est comme ça que je donne aux autres.

— Alors, comment allez-vous donner, quand vous ne pourrez plus parler ?» demande Koppel.

Haussant les épaules :

«Peut-être demanderai-je qu'on me pose des questions auxquelles je répondrai par oui ou par non.»

La réponse est si simple que Koppel ne peut réprimer un sourire. Il interroge Morrie sur le silence. Il mentionne cet ami très proche de Morrie, Maurice Stein, qui avait envoyé au *Boston Globe* ses aphorismes. Ils étaient ensemble à l'université depuis les années soixante. Maintenant Stein est en train de devenir sourd. Koppel imagine la rencontre entre les deux hommes, l'un ne pouvant parler, et l'autre ne pouvant entendre. Comment cela se passerait-il ?

« Nous nous tiendrons les mains, dit Morrie. Et il y aura beaucoup d'amour qui passera entre nous, Ted, car nous avons trente-cinq ans d'amitié derrière nous. Il n'y a pas besoin de parler ni d'entendre pour sentir cela. »

Avant la fin de l'émission, Morrie lit à Koppel l'une des lettres qu'il a reçues. Il a eu un courrier abondant depuis la première émission. Une de ces lettres vient d'une institutrice de Pennsylvanie qui enseigne à une classe spéciale de neuf enfants qui ont tous perdu un de leurs parents.

« Voici ce que je lui ai répondu », raconte Morrie à Koppel, mettant avec précaution ses lunettes sur son nez et autour des oreilles. « Chère Barbara... votre lettre m'a beaucoup touché. Je sens combien le travail que vous faites avec ces enfants qui ont perdu un parent est important. Moi aussi j'ai perdu un de mes parents, quand j'étais petit... »

Soudain, alors que les caméras continuent à bourdonner, Morrie rajuste ses lunettes. Il s'arrête, se mord les lèvres et commence à sangloter. Des larmes coulent le long de son nez.

« J'ai perdu ma mère quand j'étais enfant... et ça a été un coup terrible... J'aurais aimé avoir un groupe comme le vôtre pour parler de mon chagrin. Je serais allé vers votre groupe parce que... »

Sa voix se casse.

« ... parce que je me sentais si seul.

— Morrie, dit Koppel, votre mère est morte il y a soixante-dix ans. La douleur est donc toujours là ?

— Tu parles ! » chuchote Morrie.

Le professeur

Il a huit ans. Un télégramme arrive de l'hôpital, et comme son père, un immigrant russe, ne sait pas lire l'anglais, c'est Morrie qui doit annoncer la nouvelle de la mort de sa mère, lisant le communiqué comme un élève en face de la classe : «Nous regrettons de vous informer…»

Le matin de l'enterrement, les membres de la famille de Morrie sortent de l'immeuble où il habite dans un quartier pauvre de l'est de Manhattan. Les hommes sont habillés en noir et les femmes portent des voiles. C'est l'heure où les gosses du voisinage partent à l'école, et tandis qu'ils passent à côté de lui, Morrie garde les yeux baissés, honteux que ses camarades puissent le voir dans cette situation. Une de ses tantes, une femme de forte carrure, l'agrippe et commence à se lamenter :

«Que vas tu devenir sans ta mère ? *Que vas tu devenir ?*»

Morrie éclate en sanglots. Ses camarades se sont enfuis.

Au cimetière, pendant qu'on jette des pelletées de terre dans la tombe de sa mère, Morrie essaie de se souvenir des moments tendres quand elle était en vie. Elle tenait une boutique de bonbons avant de tomber malade. Ensuite, elle passait son temps à dormir ou à rester assise près de la fenêtre, frêle et affaiblie. Parfois, elle hurlait pour que son fils lui apporte un médicament, mais le jeune Morrie, qui jouait au ballon dans la rue, faisait semblant de ne pas l'entendre. Il croyait qu'en l'ignorant, la maladie de sa mère s'en irait.

Un enfant peut-il affronter la mort autrement ?

Le père de Morrie, que tout le monde appelle Charlie, est venu en Amérique pour fuir l'armée russe. Il travaille dans la fourrure, mais il est constamment au chômage. Sans éducation, presque incapable de parler l'anglais, il est terriblement pauvre, et la famille vit la plupart du temps d'aides publiques. Leur appartement est un endroit sombre, étroit, déprimant, derrière la boutique. Ils n'ont que le strict nécessaire. Pas de voiture. Quelquefois, pour gagner un peu d'argent, Morrie et son jeune frère, David, lavent ensemble, pour cinq cents, les marches devant les porches.

Après la mort de leur mère, on envoie les deux garçons dans un petit hôtel dans les forêts du Connecticut. Plusieurs familles y partagent une grande cabane et une cuisine communes. Le bon air fera du bien aux enfants, pensent sans doute les gens de la famille. Morrie et David n'ont jamais vu tant de verdure, ils courent et jouent dans les champs. Une nuit, après dîner, ils partent se promener et il commence à pleuvoir. Au lieu de rentrer, ils s'éclaboussent pendant des heures.

Le lendemain, au réveil, Morrie saute du lit.

« Allez, viens, debout ! dit-il à son frère.

— Je ne peux pas.

— Qu'est-ce que tu veux dire ?»

David est paniqué.

«Je ne peux pas... bouger.»

Il a la polio.

Bien sûr, la pluie n'y est pour rien. Mais à l'âge de Morrie, un enfant ne peut comprendre cela. Pendant longtemps, alors que son frère fait des aller-retour dans une maison spécialisée, obligé de porter des appareils orthopédiques qui le font boiter, Morrie se sent responsable.

Aussi le matin, il se rend à la synagogue, tout seul, car son père n'est pas religieux. Il se tient là au milieu d'hommes en longs manteaux noirs qui se balancent, et il prie Dieu de prendre soin de sa mère morte et de son frère malade.

L'après-midi, il se met tout en bas des marches du métro et vend des magazines à la criée, pour rapporter de l'argent à la maison et nourrir sa famille.

Le soir enfin, il regarde son père manger en silence, attendant de sa part, mais sans résultat, un signe d'affection, d'intérêt ou même de chaleur.

À l'âge de neuf ans, il a le sentiment de porter une montagne sur les épaules.

L'année suivante, Morrie est sauvé par l'arrivée dans sa vie d'une personne chaleureuse, Eva, sa toute nouvelle belle-mère. C'est une immigrante roumaine de petite taille, au visage assez ordinaire, avec des cheveux bruns bouclés, et de l'énergie pour deux. Le rayonnement de cette femme réchauffe, en effet, l'atmosphère sombre qui règne jusqu'alors chez son père. Elle parle alors que son mari reste silencieux, et chante pour les enfants, le soir. Tout chez elle réconforte Morrie, sa voix apaisante, les leçons qu'elle lui donne, sa force de caractère. Quand son frère revient de la maison de santé, toujours avec ses appareils aux jambes, les deux garçons partagent un lit pliant dans la cuisine de leur logement et Eva vient les embrasser le soir pour leur souhaiter bonne nuit. Ce sont des baisers que Morrie attend comme un chiot attend son lait. Il sent profondément qu'il a retrouvé une mère.

Toutefois, ils n'arrivent pas à sortir de leur pauvreté. Ils vivent maintenant dans un logement d'une pièce, dans un immeuble en brique rouge de l'avenue Tremont, dans le Bronx, près d'une taverne italienne où les vieux viennent jouer aux boules, les soirs d'été. À cause de la Grande dépression, le père de Morrie ne trouve presque plus de travail dans la fourrure. Parfois, quand la famille se met à table, tout ce qu'Eva trouve à leur apporter, c'est du pain.

« Qu'est-ce qu'il y a d'autre à manger ? demande David.

— Rien », répond-elle.

Quand elle met Morrie et David au lit, elle leur chante des chants en yiddish. Ces chants eux-mêmes sont tristes et pauvres. L'un d'eux parle d'une fille qui essaie de vendre des cigarettes :

S'il vous plaît, achetez-moi mes cigarettes
Elles sont sèches, et non trempées de pluie
Par pitié, par pitié.

Malgré leur vie difficile, Eva apprend à Morrie à aimer et à prendre soin des gens, mais aussi à apprendre.

Elle exige que les résultats scolaires soient excellents, car elle voit dans l'éducation le seul antidote à leur pauvreté. Elle-même ne prend-elle pas des cours du soir pour améliorer son anglais ? C'est dans les bras de cette femme que naît l'amour de Morrie pour les études.

Il étudie la nuit, sous la lampe qui éclaire la table de la cuisine. Et le matin, il va à la synagogue pour dire le Yizkor, la prière du souvenir, pour sa mère. S'il fait cela, c'est pour la garder vivante dans sa mémoire. Aussi incroyable que cela puisse paraître, le père de Morrie lui interdit de parler d'elle. Charlie veut que le jeune David pense qu'Eva est sa véritable mère.

C'est un poids terrible pour Morrie. Pendant des années, la seule chose qui lui reste de sa mère est ce télégramme annonçant sa mort. Il l'a caché le jour où il est arrivé. Il va le garder toute sa vie.

Adolescent, son père l'emmène avec lui dans l'atelier de fourrure où il travaille. Nous sommes pendant la Grande Crise, et son intention est de trouver un travail pour Morrie.

Dès qu'il entre dans l'atelier, Morrie a l'impression que les murs se referment sur lui. La pièce est sombre et chaude, les fenêtres couvertes de crasse, et les machines serrées les unes contre les autres tournent comme les roues d'un train. Les poils des fourrures volent, épaississant l'air. Les ouvriers en train de coudre les peaux sont courbés sur les aiguilles, tandis que le patron va et vient dans les travées, leur criant d'aller plus vite. C'est à peine si Morrie peut respirer. Il se tient debout près de son père, terrorisé à l'idée que le patron pourrait se mettre à lui hurler dessus.

La pause-déjeuner arrive. Son père emmène Morrie chez son patron. Le poussant devant lui, il demande si on peut lui donner du travail. Mais il y a à peine assez de travail pour les adultes, et personne n'est prêt à céder sa place.

C'est une bénédiction ! Morrie déteste cet endroit. Il fait alors un vœu qu'il respecte jusqu'à la fin de sa vie : ne jamais accepter un travail qui exploite quelqu'un d'autre, et ne jamais gagner de l'argent avec la sueur des autres.

« Que feras-tu ? lui demandait Eva.

— Je ne sais pas », répondait-il. Il écarte le droit, parce qu'il n'aime pas les avocats, et la médecine, parce qu'il ne supporte pas la vue du sang.

« *Que feras-tu ?* »

C'est seulement par défaut que le meilleur professeur que j'ai jamais eu est devenu un enseignant.

Celui qui enseigne touche à l'éternité, et ne sait jamais où s'arrête son influence.

Henry Adams

Le quatrième mardi

Nous parlons de la mort

« Commençons par cette idée, dit Morrie. Tout le monde sait qu'il va mourir, mais personne n'y croit. »

Il est d'humeur sérieuse, ce mardi. Notre sujet aujourd'hui, c'est la mort, le premier mot que j'ai inscrit sur ma liste. Avant que j'arrive, Morrie a gribouillé quelques notes sur de petits bouts de papier blanc, pour ne rien oublier. Son écriture tremblante est devenue indéchiffrable pour tout autre que lui. Par la fenêtre de son bureau, je peux voir la haie couleur d'épinard du jardin derrière sa maison, et j'entends les cris des enfants qui jouent dans la rue, profitant de leur dernière semaine de liberté avant la rentrée des classes.

À Detroit, les grévistes se préparent pour une gigantesque manifestation. Ils veulent montrer que les syndicats sont unis contre le patronat. Dans l'avion, j'ai lu qu'une femme a tué son mari et ses deux filles pendant leur sommeil, déclarant que c'était pour les protéger contre les « gens maléfiques ». En Californie, les avocats du procès O.J. Simpson sont en train de devenir des vedettes.

Mais ici, dans le bureau de Morrie, la vie continue, précieuse, jour après jour. Nous voilà donc assis l'un à côté de l'autre, à quelques centimètres d'un nouveau venu dans la maison, je veux parler de l'appareil à oxygène. Il est petit et portable. Il arrive à la hauteur des genoux. La nuit, quand il manque d'air, Morrie s'enfonce dans le nez le long tube en plastique, attaché à ses narines comme une sangsue. Je déteste l'idée que Morrie est relié à une machine quelconque, et j'essaie de ne pas regarder de ce côté-là quand il parle.

« Tout le monde sait qu'il va mourir, répète-t-il, mais personne n'y croit. Sinon, on s'y prendrait autrement. »

Alors, on se raconte des histoires au sujet de la mort, dis-je.

« Oui. Mais il y a une meilleure approche. Savoir qu'on va mourir et se préparer comme si cela pouvait arriver à tout moment. C'est mieux. Cela permet, en fait, d'être infiniment plus vivant tant qu'on vit. »

Comment diable peut-on se préparer à mourir ?

« En faisant comme les bouddhistes. Tous les jours, ils font comme s'ils avaient un petit oiseau sur l'épaule qui demande : Est-ce pour aujourd'hui ? Suis-je prêt ? Est-ce que je fais tout ce qu'il faut pour devenir la personne que je veux être ? »

Morrie tourne la tête vers son épaule, comme si l'oiseau se trouvait là, à cet instant.

« Vais-je mourir aujourd'hui ? » se demande-t-il.

Morrie emprunte volontiers à toutes les religions. Il est né juif, mais il est devenu agnostique quand il était adolescent, en partie à cause de tout ce qui lui est arrivé pendant son enfance. Certains aspects de la philosophie du bouddhisme et du christianisme lui plaisent, et il se sent toujours chez lui dans le judaïsme. C'est une sorte de bâtard religieux, ce qui le rendait encore plus ouvert aux étudiants auxquels il a enseigné tout au long des années. Ce qu'il dit maintenant dans ses derniers mois sur terre semble transcender toutes les différences entre les religions. La mort est capable de ce miracle-là.

« La vérité, Mitch, c'est qu'en apprenant à mourir, on apprend à vivre. »

J'approuve de la tête.

« Je vais le redire, dit-il, c'est en apprenant à mourir qu'on apprend à vivre. » Il sourit et je comprends ce qu'il est en train de faire. Il vérifie ainsi que j'ai bien enregistré sa remarque, sans me gêner, en me posant directement la question. C'est en partie cela qui fait de lui un bon professeur. Je lui demande :

Est-ce que vous pensiez beaucoup à la mort avant d'être malade ?

« Non, dit Morrie en souriant. J'étais comme tout le monde. J'ai même dit un jour à un de mes amis, dans un moment d'exubérance, je vais être le vieillard le mieux portant du monde ! »

Vous aviez quel âge ?

« La soixantaine. »

Vous étiez optimiste.

« Pourquoi pas ? Comme je l'ai déjà dit, personne ne croit vraiment qu'il va mourir. »

Mais tout le monde connaît quelqu'un qui est mort. Pourquoi est-ce si dur de penser à la mort ?

« La plupart d'entre nous vont et viennent comme s'ils étaient somnambules, continue Morrie. Nous ne percevons pas totalement le monde, parce que nous sommes à moitié endormis. Nous agissons en automates. »

Et voir la mort en face change tout cela ?

« Oh oui ! On se débarrasse de tout ce fatras, et on se concentre sur l'essentiel. Quand on réalise qu'on va mourir, on voit tout de façon très différente ! »

Il soupire.

« Apprends à mourir, et tu apprendras à vivre. »

Je remarque qu'il tremble maintenant quand il bouge les mains. Ses lunettes pendent à son cou, et quand il les soulève à la hauteur des yeux, les branches glissent autour des tempes, comme s'il essayait de les mettre à quelqu'un d'autre dans l'obscurité. Je tends la main pour l'aider à les diriger sur ses oreilles.

« Merci », chuchote Morrie. Il sourit, sentant ma main contre sa tête. Le moindre contact humain lui procure une joie immédiate.

« Mitch, puis-je te dire quelque chose ? »

Bien sûr, dis-je.

« Tu n'aimeras peut-être pas. »

Pourquoi ?

« Eh bien, la vérité est que si tu écoutes vraiment cet oiseau que tu as sur l'épaule, *si tu acceptes l'idée que tu peux mourir à tout instant*, alors tu seras peut-être moins ambitieux. »

Je me force à sourire.

« Les choses auxquelles tu consacres tant de temps — tout ce travail — te sembleront moins importantes. Il faudra que tu fasses de la place pour des choses plus spirituelles. »

Des choses spirituelles ?

« Tu détestes ce mot, n'est-ce pas ? Spirituel. Tu penses qu'il s'agit encore d'un truc à l'eau de rose ! »

C'est vrai, dis-je.

Il essaie de cligner de l'œil, n'y arrive qu'à moitié et éclate de rire.

« Mitch, dit-il, en riant lui aussi, même moi je ne sais pas ce que cela signifie vraiment le développement spirituel. Mais je sais que d'une certaine façon il nous manque quelque chose. Nous nous intéressons trop aux choses matérielles et elles ne nous satisfont pas. Nous prenons tout pour acquis, l'amour, l'univers. »

Il fait un signe de la tête en direction de la fenêtre où le soleil rentre à flots.

« Tu vois cela ? Tu peux sortir quand tu veux. Tu peux courir autour du pâté de maisons jusqu'à en perdre le souffle. Je ne peux pas. Je ne peux pas sortir. Je ne peux pas courir. Je ne peux pas être dehors sans avoir peur de me trouver mal. Mais, tu sais quoi ? *J'apprécie* cette fenêtre infiniment plus que toi. »

Vous l'appréciez ?

« Oui, je regarde à travers elle tous les jours. Je remarque les changements dans les arbres, la force du vent qui souffle. C'est comme si je pouvais voir le temps passer littéralement par la vitre. Je sais que mon temps est presque fini, aussi je suis attiré vers la nature comme si je la voyais pour la première fois. »

Il s'arrête, et pendant un moment nous nous contentons de regarder tous les deux par la fenêtre. J'essaie de voir ce qu'il voit. J'essaie de voir le temps et les saisons, ma vie qui passe au ralenti. Morrie fléchit légèrement la tête et se retourne vers son épaule.

« Est-ce pour aujourd'hui, petit oiseau ? demande-t-il. Est-ce pour aujourd'hui ? »

Morrie continue à recevoir des lettres du monde entier, grâce à ses apparitions à « Nightline ». Il s'assoit, quand il s'en sent la force, et dicte les réponses à des amis ou des gens de la famille qui se réunissent pour ces séances d'écriture.

Un dimanche, ses fils Rob et Jon étant à la maison, ils se réunissent dans le salon. Morrie est installé dans son fauteuil, ses jambes maigrelettes sous une couverture. Quand il a froid, l'une des aides lui met une veste en Nylon sur les épaules.

« Quelle est la première lettre ? » demande Morrie.

Une femme, Nancy, dont la mère est morte de la SLA, écrit pour dire à quel point elle a souffert de cette perte, et combien elle se sent proche de la souffrance de Morrie.

« Bien », dit Morrie quand la lecture est terminée. Il ferme les yeux. « Commençons par "Chère Nancy, vous m'avez beaucoup ému en me racontant l'histoire de votre mère. Et je comprends ce que vous avez éprouvé. Quelle tristesse, quelle souffrance de part et d'autre ! Personnellement, les larmes m'ont fait du bien, et j'espère qu'elles vous en ont fait aussi."

— Tu ne veux pas changer cette dernière phrase ? » dit Rob.

Morrie réfléchit une seconde et dit :

« Tu as raison. Que penses-tu de : "J'espère que vous sentez le pouvoir réparateur des larmes." Est-ce mieux ? »

Rob acquiesce.

« Ajoute "Merci", et signe "Morrie". »

Puis on lit une autre lettre écrite par une femme, Jane, qui remercie Morrie de l'avoir inspirée, lors de l'émission « Nightline ». Elle parle de lui comme d'un prophète.

« Quel compliment ! s'exclame un collègue. Un prophète ! »

Morrie fait une grimace. Manifestement, cette appréciation n'est pas de son goût.

« Remercions-la pour ce bel éloge. Et dis-lui que je suis content que mes paroles l'aient touchée. »

« Et n'oublie pas de signer : "Merci, Morrie". »

Il y a une lettre d'un homme, en Angleterre, qui a perdu sa mère et demande à Morrie de l'aider à entrer en contact avec elle à travers le monde invisible. Puis une lettre d'un couple qui veut venir à Boston pour le rencontrer. Enfin, une longue lettre d'une de ses anciennes étudiantes qui raconte sa vie au sortir de l'université. Un suicide, trois accouchements d'enfants mort-nés, sa mère morte de la SLA. Elle, la fille, a peur d'attraper la même maladie. Et cela continue sur deux, trois, quatre pages.

Morrie écoute cette longue et sinistre histoire. Quand elle est terminée, il dit doucement :

« Bien, qu'allons-nous répondre ? »

Le groupe se tait. Finalement, Rob dit :

« Que penses-tu de "Merci pour votre longue lettre" ? »

Éclat de rire général. Morrie regarde son fils, le visage radieux.

Le journal à côté de son fauteuil porte la photo d'un joueur de base-ball de Boston, qui sourit après avoir éliminé tous les joueurs de l'équipe adverse. Je me dis que Morrie a attrapé la seule maladie qui porte le nom d'un athlète*.

Vous vous souvenez de Lou Gehrig ?

« Je me souviens de lui dans le stade, faisant ses adieux. »

Alors vous vous souvenez de la fameuse phrase.

« Laquelle ? »

Allons ! Lou Gehrig. « La fierté des Yankees » ? Le discours qui a fait vibrer tout le stade ?

« Rappelle-moi, dit Morrie. Fais-moi le discours. »

Par la fenêtre ouverte, j'entends le camion-poubelle. Bien qu'il fasse chaud, Morrie porte des manches longues, avec une couverture sur ses jambes. Il est tout pâle. La maladie le tient bien.

---

* Aux États-Unis, la SLA est également appelée la maladie de Lou Gehrig, alors qu'en France on l'appelle la maladie de Charcot. (N.d.T.)

Je hausse la voix et j'imite Gehrig, quand ses mots rebondissaient sur les murs du stade : « Auuuujourd'huiiii... je me sens... l'hooomme le plus heureuuux... de la teeeerre... »

Morrie ferme les yeux et acquiesce doucement.

« En effet. Mais moi, je n'ai pas dit ça. »

Le cinquième mardi

Nous parlons de la famille

Nous sommes au tout début septembre. C'est la rentrée scolaire, et pour la première fois depuis trente-cinq ans, mon vieux professeur n'a pas de classe qui l'attend. Boston grouille d'étudiants, garés en double file dans les rues latérales, déchargeant leurs bagages. Mais Morrie est chez lui, dans son bureau. On sent que quelque chose cloche. C'est comme ces joueurs de football américain qui prennent finalement leur retraite, et doivent affronter leur premier dimanche chez eux, devant la télévision, en se disant *je pourrais encore faire ça !* J'ai appris en côtoyant ces joueurs-là qu'il vaut mieux les laisser seuls dans ces moments-là. Ne rien dire. Mais cette fois-ci, je n'ai pas besoin de rappeler à Morrie que son temps est compté.

Pour l'enregistrement de nos conversations, nous sommes passés du micro qu'on tient à la main — c'est devenu trop difficile maintenant pour Morrie de tenir quelque chose aussi longtemps — au micro-cravate comme à la télévision. On peut l'attacher au col ou au revers d'une veste. Naturellement, comme Morrie ne porte plus que d'amples chemises en coton fin qui pendent sur un corps qui ne cesse de rétrécir, le micro ne tient pas, et je dois souvent tendre la main pour le remettre en place. Morrie semble s'en réjouir, car ce geste me rapproche de lui. Je suis alors dans son espace intime, et son besoin de contact affectif est plus fort que jamais. Quand je me penche en avant, j'entends le sifflement de sa respiration et sa toux faible, je le vois s'humecter les lèvres avant d'avaler.

« Eh bien, mon ami, dit-il, de quoi allons-nous parler aujourd'hui ? »

De la famille, qu'en pensez-vous ?

« La famille. Il réfléchit un moment. Bien, tu peux voir la mienne, tout autour de moi. »

Il me montre de la tête les photos sur les étagères : Morrie enfant avec sa grand-mère, Morrie jeune homme avec son frère, David. Morrie avec sa femme, Charlotte, Morrie avec ses deux fils, Rob, journaliste à Tokyo, et Jon, informaticien à Boston.

« En effet, à la lumière de tout ce dont nous avons parlé ces dernières semaines, commence-t-il, je pense qu'il est d'autant plus important que nous abordions la question de la famille.

« En fait, sur quoi peut-on s'appuyer aujourd'hui, sinon sur la famille ? Cela m'est apparu clairement au cours de ma maladie. Sans le soutien, l'amour, le soin, et l'attention d'une famille, nous n'avons pas grand-chose. L'amour est tellement important ! Comme le disait notre grand poète Auden, "Aimez-vous les uns les autres, sinon vous êtes perdus". »

«Aimez-vous les uns les autres, sinon vous êtes perdus.» Je prends note de la phrase. Auden a dit ça ?

« "Aimez-vous les uns les autres, sinon vous êtes perdus", répète Morrie. C'est bon, non ? Et c'est si vrai. Sans l'amour, nous sommes des oiseaux aux ailes brisées.

« Supposons que je sois divorcé, ou célibataire, et sans enfant. Cette maladie, et tout ce qu'elle me fait traverser, serait bien plus dure. Je ne suis pas sûr que je pourrais la supporter. Bien sûr, on viendrait me rendre visite, des amis, des associés, mais cela ne remplace pas quelqu'un qui ne vous quitte pas. Cela ne remplace pas quelqu'un qui garde un œil sur vous, qui veille sur vous tout le temps.

« La famille est là en partie pour cela, non pas seulement pour aimer, mais pour qu'on sache qu'elle est là et qu'elle monte la garde. C'est ce qui m'a tant manqué quand ma mère est morte — ce que j'appelle la "sécurité spirituelle" —, savoir que votre famille sera là pour veiller sur vous. Rien d'autre ne pourra vous donner cette sécurité. Certainement pas l'argent, ni la célébrité. »

Il me jette un regard.

« Ni le travail », ajoute-t-il.

Élever une famille est l'une des questions qui figurent sur ma petite liste des choses que j'aimerais régler avant qu'il ne soit trop tard. Je parle donc à Morrie du dilemme qui déchire ma génération à propos des enfants. Nous avons peur de perdre notre liberté, peur qu'ils nous transforment en « parents objets », ce dont nous ne voulons pas. J'admets éprouver moi-même certaines de ces peurs.

Pourtant, quand je regarde Morrie, je me demande : si j'étais à sa place sur le point de mourir, si je n'avais pas de famille ni d'enfants, supporterais-je ce vide ? Morrie a appris à ses deux enfants à être tendres et attentifs et, comme lui, ils n'ont pas peur de montrer leur affection. S'il en avait eu le désir, ils auraient tout arrêté pour être à ses côtés chaque minute de ses derniers mois. Mais ce n'est pas ce qu'il veut.

« Ne changez rien à vos vies, leur a-t-il dit. Sinon, cette maladie va détruire trois vies au lieu d'une. »

Ainsi, bien qu'il soit en train de mourir, il se montre respectueux de l'univers de ses enfants. Il n'est pas étonnant que lorsqu'ils viennent s'asseoir près de lui, l'affection coule à flots. Tapis contre le lit, ils lui tiennent les mains, l'embrassent sans fin, plaisantent.

« Quand les gens me demandent s'il faut ou non avoir des enfants, je ne leur dis jamais quoi faire, dit Morrie, en regardant une photo de son fils aîné. Je dis simplement : "Rien ne vaut le fait d'avoir des enfants." C'est tout. Rien ne remplace cette expérience. Pas même un ami, pas même une maîtresse. Si on veut faire l'expérience d'avoir la responsabilité complète d'un autre être humain, si on veut apprendre à aimer et à créer un lien vraiment profond, alors il faut avoir des enfants. »

Alors, vous recommenceriez ? demandai-je.

Je jette un coup d'œil sur la photo. On y voit Rob en train d'embrasser Morrie sur le front, et Morrie qui rit, les yeux fermés.

« Si je recommencerais ? Morrie me regarde l'air surpris. Mitch, je ne manquerais cette expérience pour rien au monde. Même si... »

Il déglutit et pose la photo sur ses genoux.

« Même si le prix à payer est douloureux », dit-il.

Parce que vous allez les quitter.

« Parce que je vais *bientôt* les quitter. »

Il serre les lèvres, ferme les yeux et je vois les premières larmes couler le long de sa joue.

« Et maintenant, chuchote-t-il, à toi de parler. »

Moi ?

« Parle-moi de ta famille. Je sais qui sont tes parents. Je les ai rencontrés, il y a des années, à la remise des diplômes. Tu as une sœur aussi, non ? »

Oui.

« Plus âgée que toi ? »

Plus âgée, oui.

« Tu as aussi un frère, n'est-ce pas ? »

Je confirme d'un signe de tête.

« Plus jeune ? »

Plus jeune, oui.

« Moi aussi, dit Morrie, j'ai un frère plus jeune. »

Vous aussi, dis-je.

« Il me semble qu'il était là aussi, à la cérémonie, non ? »

Je plisse les yeux, et je nous revois tous dans mon souvenir, seize ans plus tôt, la chaleur, le soleil, les toges bleues, louchant et nous tenant par la taille pour la photo, pendant que quelqu'un disait : « un, deux, trois… »

« Qu'y a-t-il, demande Morrie qui a remarqué mon silence soudain. À quoi penses-tu ? »

À rien, dis-je, en changeant de sujet.

La vérité, c'est que j'ai bien un frère, mon cadet de deux ans avec des cheveux blonds et des yeux noisette.

Il nous ressemble si peu, à ma sœur, qui est brune, et à moi, que nous avions l'habitude de le taquiner en déclarant que des étrangers l'avaient déposé sur le pas de la porte. «Et un jour, disions-nous, ils vont revenir te chercher.» Mon frère pleurait quand nous disions cela, mais nous ne cessions pas pour autant.

Il a grandi comme tous les petits derniers grandissent, c'est-à-dire choyé, adoré, et intérieurement torturé. Il rêvait d'être acteur ou chanteur, et nous jouait à table des émissions de télé, imitant tous les rôles, le visage fendu d'un immense sourire. J'étais le bon élève de la famille et il était le cancre. J'étais obéissant, il transgressait toutes les règles ; j'évitais la drogue et l'alcool, il essayait tout ce qui peut s'ingérer. Il est parti en Europe peu après le lycée, préférant le style de vie plus décontracté qu'il trouvait là-bas. Et pourtant, il est resté le préféré de la famille. Quand il revenait à la maison, avec sa manière d'être, drôle et libre, je me sentais souvent raide et conventionnel.

Nous étions si différents que j'imaginais que nos destins iraient dans des directions opposées dès que nous serions adultes. J'avais raison sauf sur un point. À partir du moment où mon oncle est mort, je me suis mis dans la tête que j'aurais une mort semblable, une maladie imprévue qui m'emporterait. C'est la raison pour laquelle j'ai travaillé fébrilement, et je me suis préparé à avoir un cancer. Je le sentais venir. Je savais qu'il venait. Je l'attendais comme un condamné attend son bourreau.

J'avais raison. Il est venu.

Mais il m'a manqué.

Il a frappé mon frère.

Le même type de cancer que mon oncle. Le pancréas. Une forme rare. Ainsi, le petit dernier de la famille, avec ses cheveux blonds et ses yeux noisette, a eu sa chimiothérapie et ses rayons. Ses cheveux sont tombés, son visage a maigri jusqu'à devenir squelettique. *Ce devrait être moi*, pensais-je. Mais mon frère n'était pas moi, et il n'était pas mon oncle. C'était un bagarreur, et il l'avait toujours été depuis son plus jeune âge, quand nous nous battions et qu'il est allé jusqu'à me mordre à travers ma chaussure, jusqu'à ce que je hurle de douleur et le relâche.

Ainsi, il a réagi. Il a combattu la maladie en Espagne où il vivait, avec l'aide d'un produit expérimental qui n'était pas — et n'est toujours pas — en vente aux États-Unis. Il a parcouru l'Europe en avion pour se faire traiter. Après cinq ans de traitement, il semble que ce produit ait eu raison du cancer et qu'il ait eu une rémission.

Ça, c'était la bonne nouvelle. La mauvaise nouvelle, c'est que mon frère ne voulait pas me voir, ni moi ni personne de la famille. Plus nous essayions de l'appeler ou d'aller le voir, plus il nous tenait à distance, insistant sur le fait qu'il avait besoin d'être seul pour se battre. Les mois passaient sans un mot de lui. Il ne répondait pas non plus aux messages que nous laissions sur son répondeur. J'étais déchiré de remords, car j'avais le sentiment que je devais faire quelque chose pour lui, et j'étais plein de colère contre le fait qu'il nous refuse le droit de le faire.

Une fois de plus, je me plongeai dans le travail. Je travaillais parce que c'était quelque chose que je pouvais contrôler, c'est là que je trouvais du répondant et du bon sens. Et chaque fois que j'appelais l'appartement de mon

frère en Espagne et que je tombais sur son répondeur —
il enregistrait son message en espagnol, un autre signe
de la distance qui s'était établie entre nous —, je rac-
crochais et me remettais un peu plus au travail.

C'est sans doute une des raisons pour lesquelles je
suis allé vers Morrie. Il me permet d'être là où mon frère
m'empêche d'aller.

Quand j'y repense, je me dis que Morrie savait cela
depuis le début.

Cela se passe en hiver, dans mon enfance. Nous faisons de la luge, mon frère et moi, sur une colline enneigée de notre banlieue résidentielle. Il est couché sur moi. Je sens son menton sur mon épaule et ses pieds derrière mes genoux.

La luge passe avec fracas sur les plaques de glace. Nous prenons de la vitesse en descendant la pente.

«Attention, VOITURE!» crie quelqu'un.

Nous l'avons vue venir, en bas de la rue, sur notre gauche. Nous crions tout en essayant de changer notre direction, mais les lames ne bougent pas. Le conducteur klaxonne, freine brusquement, et nous faisons ce que tous les enfants feraient : nous sautons. Dans nos parkas fourrées, nous roulons comme des rondins de bois dans la neige froide et mouillée, persuadés de terminer dans les roues de la voiture. Hurlant et frissonnant de peur, nous roulons dans tous les sens, sans pouvoir nous arrêter.

Et puis, plus rien. Nous nous sommes arrêtés de rouler et nous reprenons notre souffle, en essuyant la neige qui dégouline de nos visages. Le conducteur a tourné au bout de la rue, en nous réprimandant du doigt. Nous sommes sains et saufs. Notre luge est allée cogner tranquillement une congère, et nos amis nous abrutissent de coups, en criant : « Bravo ! vous auriez pu vous tuer. »

Je souris à mon frère, et nous nous sentons unis par un orgueil enfantin. Ce n'était pas trop dur, pensons-nous, prêts à risquer à nouveau notre vie.

Le sixième mardi

Nous parlons des émotions

Je passe devant les lauriers et l'érable japonais, et monte les marches en pierre de la maison de Morrie. La gouttière blanche pend comme un couvercle au-dessus de la porte d'entrée. Je sonne. Ce n'est pas Connie qui vient m'accueillir mais l'épouse de Morrie, Charlotte, une belle femme aux cheveux gris qui parle d'une voix mélodieuse. Elle n'est pas souvent là quand je viens, car elle continue à travailler, comme le souhaite Morrie, et je suis donc surpris de la voir, ce matin.

« Morrie ne va pas bien aujourd'hui », dit-elle, en regardant un moment par-dessus mon épaule. Puis elle se dirige vers la cuisine.

Je suis désolé.

« Non, non, il va être content de vous voir, dit-elle rapidement. Je suis sûre… »

Elle s'arrête au milieu de la phrase, tournant légèrement la tête, aux aguets. Puis elle continue.

«Je suis sûre... qu'il se sentira mieux quand il saura que vous êtes là. »

Je lui tends les sacs que je rapporte du marché — mes provisions habituelles, dis-je en plaisantant. Malgré son sourire, je sens que cela la tracasse.

«Il y en a déjà trop. Il n'a rien mangé depuis la dernière fois. »

Cela me prend de court.

Il n'a rien mangé du tout ?

Elle ouvre le réfrigérateur. Les boîtes familières sont là, pleines de salade au poulet, de vermicelles, de légumes, de courgettes farcies, tout ce que j'ai apporté à Morrie ! Elle ouvre le congélateur, et il y en a encore davantage.

«Morrie ne peut plus manger ce genre de choses. Il n'arrive plus à avaler. Maintenant, il faut qu'il mange des choses molles et liquides. »

Mais il ne m'a jamais rien dit.

Charlotte sourit.

«Il ne veut pas vous blesser. »

Cela ne m'aurait pas blessé. Je voulais seulement l'aider d'une façon ou d'une autre. Je voulais seulement lui apporter quelque chose...

«Mais vous lui apportez beaucoup. Il attend vos visites avec impatience. Il parle de ce projet qu'il compte mener à bien avec vous, de la nécessité pour lui de se concentrer, de prendre son temps. Je pense que cela lui donne le sentiment d'avoir un but... »

De nouveau, son regard se fait lointain, comme si elle captait quelque chose qui vient d'ailleurs. Je sais que les nuits de Morrie deviennent difficiles, qu'il n'arrive pas à dormir. Il en est donc souvent de même pour Charlotte.

Parfois, Morrie reste éveillé des heures, toussant pour essayer de débarrasser sa gorge des mucosités. Et puis, il y a ces soignants qui restent la nuit maintenant, et tous ces visiteurs pendant la journée, d'anciens étudiants, d'anciens professeurs, des maîtres de méditation, qui entrent et sortent de la maison. Certains jours, il y a bien une demi-douzaine de visiteurs, et ils sont souvent là quand Charlotte rentre du travail. Elle assume cela avec patience, même si tous ces gens prennent sur les précieuses minutes qui lui restent avec Morrie.

« ... le sentiment d'avoir un but, continue-t-elle. Oui, c'est bien, vous savez. »

Je l'espère, dis-je.

Je l'aide à mettre mes nouvelles provisions au frigo. Sur le comptoir de la cuisine, il y a toutes sortes de notes, de messages, d'informations, des instructions médicales — du Célestène pour l'asthme, de l'Ativan pour le sommeil, du Naproxen pour les infections —, une mixture de lait en poudre et des laxatifs. En bas, dans l'entrée, on entend une porte qui s'ouvre.

« Peut-être qu'il peut vous recevoir maintenant... Je vais voir. »

Charlotte jette encore un coup d'œil sur mes provisions, et je me sens soudain honteux. Comme si je venais de réaliser que Morrie ne pourra plus jamais goûter à toutes ces bonnes choses.

Ainsi la maladie, avec son cortège de petites horreurs, ne fait que progresser. Quand je me trouve enfin assis près de Morrie, je m'aperçois qu'il tousse plus que de coutume, une toux sèche et poussiéreuse qui lui secoue la poitrine et fait tomber sa tête en avant par saccades. Après une crise plus violente, il s'arrête, ferme les yeux, et reprend son souffle. Je reste silencieux, car je pense qu'il se remet de son effort.

« As-tu mis le magnétophone en route ? » dit-il soudain, les yeux toujours fermés.

Oui, oui ; je m'empresse d'appuyer sur les boutons.

« Ce que je fais maintenant, continue-t-il, les yeux toujours clos, c'est de me détacher. »

Vous détacher ?

« Oui. Je me détache. Et c'est important — pas seulement pour quelqu'un comme moi, qui meurt, mais pour quelqu'un comme toi, qui est en parfaite santé. Apprends à te détacher. »

Il ouvre les yeux. Et dans un souffle, il ajoute :

« Tu sais ce que disent les bouddhistes ? Ne vous accrochez à rien, car tout est impermanent. »

Mais, attendez, dis-je. Vous passez votre temps à dire qu'il faut vivre pleinement sa vie. Qu'il faut tout éprouver, les bonnes et les mauvaises choses ?

« Oui. »

Alors comment peut-on faire cela, si on est détaché ?

« Ah ! Voilà que tu réfléchis, Mitch ! Mais le détachement ne signifie pas que tu ne dois pas laisser l'expérience te *pénétrer*. Au contraire, tu la laisses te pénétrer *pleinement*. C'est ce qui te permet de t'en séparer. »

Je suis perdu.

« Prends n'importe quelle émotion, l'amour pour une femme, le chagrin pour un être aimé, ou ce que j'éprouve, la peur et la douleur qu'engendre une maladie mortelle. Si tu retiens tes émotions, si tu ne t'autorises pas à les vivre d'un bout à l'autre, alors tu n'arrives pas à t'en détacher, tu es trop occupé par ta peur. Tu as peur de la douleur, peur du chagrin. Peur de la vulnérabilité qu'entraîne l'amour.

« Mais, en te jetant dans ces émotions, en te permettant de plonger dedans, jusqu'au fond, et même au-delà, tu les ressens pleinement, complètement. Alors tu sais ce qu'est la douleur. Tu sais ce qu'est l'amour. Tu sais ce qu'est le chagrin. Et seulement alors, tu peux dire : "D'accord. j'ai éprouvé cette émotion. Je l'ai reconnue. Maintenant j'ai besoin de m'en détacher un moment." »

Morrie s'arrête et m'observe, sans doute pour s'assurer que j'ai compris.

« Je sais que tu penses que cela ne concerne que l'approche de la mort, mais comme je ne cesse de te le dire, c'est quand on apprend à mourir qu'on apprend à vivre. »

Morrie parle alors de ses moments les plus terribles, quand il sent sa poitrine prisonnière de mouvements profonds et lourds, ou quand il n'est pas sûr de pouvoir reprendre son souffle. Ce sont des moments épouvantables, dit-il, qui le remplissent d'abord d'horreur, de peur, d'angoisse. Mais dès qu'il reconnaît ces émotions, à leur texture, à leur moiteur, au frisson qu'elles font courir le long du dos, à la bouffée rapide de chaleur qui traverse le cerveau, alors il peut se dire : « Bon. C'est la peur. Éloigne-toi de cette peur. Éloigne-toi. »

Je pense au nombre de fois où on aurait besoin d'agir comme cela, dans la vie quotidienne. Quand on se sent seul, au point d'en pleurer, mais qu'on ne laisse pas venir les larmes parce que cela ne se fait pas de pleurer. Ou quand on sent un élan d'amour pour quelqu'un, mais qu'on ne dit rien parce qu'on est glacé de peur à l'idée des conséquences d'un tel aveu sur la relation.

Morrie voit les choses tout à fait à l'opposé. Ouvre les robinets. Lave-toi avec tes émotions. Cela ne te fera pas de mal. Au contraire, cela va t'aider. Si tu laisses la peur entrer, si tu te glisses dedans comme dans une chemise familière, alors tu peux te dire : « Bon, ce n'est que de la peur. Je ne suis pas obligé de la laisser me dominer. Je la vois pour ce qu'elle est. »

C'est la même chose pour la solitude : lâche prise, sens-la complètement, mais ensuite sois capable de dire : « Bon, je viens de passer un moment avec ma solitude. Je n'ai pas peur de me sentir seul, mais maintenant je vais mettre cette solitude de côté, parce que d'autres choses existent dans le monde, et que je vais les éprouver à leur tour. »

« Détache-toi », répète Morrie.

Il ferme les yeux, et se met à tousser.

Il tousse encore.

Il tousse encore, plus fort.

Soudain, il étouffe à moitié. Ses bronches sont si congestionnées qu'il ne retrouve pas son souffle. Il a des haut-le-cœur, puis il tousse violemment, secouant ses mains devant lui, les yeux fermés, ce qui lui donne l'apparence d'être quasiment possédé. Je sens la sueur perler sur mon front. D'instinct, je le penche en avant, lui tape sur le dos. Enfin il approche un mouchoir de sa bouche et crache un paquet de glaires.

La toux s'arrête, et Morrie retombe dans ses coussins en mousse. Il inspire un bon coup.

Ça va ? Tout va bien ? dis-je en essayant de cacher ma peur.

121

« Ça… va », chuchote Morrie, en levant un doigt tremblant, « Attendons… une minute. »

Nous restons assis sans parler jusqu'à ce qu'il reprenne normalement sa respiration. J'ai le crâne en sueur. Il me demande de fermer la fenêtre, car le courant d'air lui donne froid. Je ne lui fais pas remarquer qu'il fait trente degrés dehors.

Finalement, d'une voix basse, il dit :

« Je sais comment je veux mourir. »

J'attends en silence.

« Je veux mourir sereinement. Paisiblement. Pas comme ce qui vient de se passer.

« Et c'est là que le détachement intervient. Si je meurs au milieu d'une quinte de toux comme celle-là, il faut que je sois capable de me détacher de l'horreur, et que je me dise "le moment est arrivé".

« Je ne veux pas quitter le monde dans un état de frayeur. Je veux être conscient de ce qui m'arrive, l'accepter, trouver un lieu de paix en moi et me laisser aller. Tu comprends ? »

Je fais oui de la tête. Je m'empresse d'ajouter :

Ne vous laissez pas encore aller.

Morrie force un sourire.

« Non. Pas encore. Nous avons encore du travail. »

Croyez-vous en la réincarnation ?
« Peut-être. »
Sous quelle forme reviendriez-vous ?
« Si j'avais le choix, une gazelle. »
Une gazelle ?
« Oui, une gazelle, c'est si gracieux, si rapide. »
Une gazelle ?
Morrie sourit.
« Tu trouves ça bizarre ? »
Je l'observe avec son corps rétréci, ses vêtements trop larges, ses pieds enveloppés de chaussettes qui reposent tout raides sur les coussins en mousse, incapable de bouger, comme un prisonnier dans ses fers. J'imagine une gazelle qui traverse d'un trait le désert.

Non, dis-je. Je ne pense pas du tout que ce soit bizarre.

Le professeur
deuxième partie

Morrie, celui que je connais, celui que tant d'autres connaissent, ne serait pas devenu l'homme qu'il est aujourd'hui s'il n'avait travaillé quelques années dans un hôpital psychiatrique. C'était à côté de Washington, dans un endroit qui porte à tort un nom paisible, le Gîte du châtaignier. Après des années de dur labeur consacrées à sa maîtrise et à son doctorat, à l'université de Chicago, Morrie vient de décrocher ce premier boulot. Ayant écarté la médecine, le droit et les affaires, il a décidé que la recherche sera le domaine dans lequel il pourra travailler sans exploiter les autres.

Il a reçu une bourse pour observer des patients en psychiatrie et noter leurs traitements. Si cela se fait couramment aujourd'hui, au début des années cinquante, c'était proprement révolutionnaire. Morrie voit donc des patients qui crient toute la journée, qui pleurent la nuit, qui souillent leurs sous-vêtements. Des patients qui refusent de manger, qu'il faut maintenir attachés, qu'on médique et nourrit sous perfusion.

L'une de ces patientes, une femme d'un certain âge, sort tous les jours de sa chambre pour se coucher, face contre terre, sur le carrelage. Elle reste là des heures, pendant que médecins et infirmières l'évitent dans leurs allées et venues. Morrie est horrifié. Il prend des notes. N'est-il pas là pour cela ? Tous les jours, donc, elle fait la même chose, sort de sa chambre, se couche sur le sol, reste là jusqu'au soir, ne parlant à personne, ignorée de tous. Attristé, Morrie commence à s'asseoir sur le sol, à côté d'elle, essayant de la sortir de sa détresse. Il finit par obtenir qu'elle s'assoie, et même qu'elle retourne dans sa chambre. Il apprend à cette occasion que ce qu'elle cherche surtout à obtenir, comme la plupart des gens d'ailleurs, c'est l'attention de quelqu'un.

Morrie a travaillé cinq ans au Gîte du châtaignier. Bien que ce ne soit pas encouragé, il se lie d'amitié avec certains des patients, comme cette femme qui plaisante sur la chance qu'elle a d'être là ! « Mon mari est si riche qu'il peut se le permettre. Imaginez un peu, s'il fallait que j'aille dans l'un de ces hôpitaux psychiatriques de second ordre ! »

Une autre femme — qui crache sur tous les autres — s'est prise de sympathie pour Morrie, et l'appelle son ami. Ils parlent tous les jours, et le fait que quelqu'un trouve le moyen d'entrer en contact avec elle encourage l'équipe soignante. Mais un jour, elle s'enfuit, et on demande à Morrie d'aider à la ramener. On la retrouve, cachée au fond d'un magasin voisin, et quand Morrie entre, elle lui lance un regard furieux.

« Alors, vous aussi, vous êtes l'un d'eux, crie-t-elle d'une voix rageuse.

— L'un de qui ?

— De mes geôliers. »

Morrie a remarqué que la plupart des patients ont été

rejetés ou ignorés dans leur vie. On leur a donné le sentiment de ne pas exister. Ils souffrent également d'un manque de compassion, quelque chose dont l'équipe médicale se trouve vite à court. Beaucoup de ces patients viennent de familles riches, et vivent largement, mais leurs biens ne leur donnent pas pour autant de bonheur ni de satisfaction. C'est une leçon qu'il n'a jamais oubliée.

J'ai l'habitude de taquiner Morrie en lui disant qu'il vit encore dans les années soixante. Il répond que ce n'était pas si mal à l'époque, en comparaison de l'époque actuelle.

Il a quitté le Gîte du châtaignier pour venir enseigner à Boston, à la fin des années cinquante. En quelques années, le campus est devenu un foyer de révolution culturelle. On y débat de la drogue, du sexe, des races, on manifeste contre la guerre du Vietnam. Abbie Hoffman, Jerry Rubin et Angela Davis * passent par là. Morrie a eu beaucoup de ces étudiants «militants» dans ses cours.

Au lieu de se contenter d'enseigner, les enseignants du département de sociologie s'impliquent. Ils sont foncièrement opposés à la guerre, par exemple. Quand les professeurs apprennent que les étudiants qui n'ont pas une certaine moyenne peuvent perdre leur sursis et être appelés, ils décident de ne pas donner de notes du tout. Quand l'administration leur répond « Si vous ne donnez pas de notes aux étudiants, ils échoueront tous », Morrie a proposé une solution : «Donnons-leur à tous la note maximale.» C'est ce qu'ils font.

---

* Militants d'extrême gauche des années 60. (N.d.T.)

Si les années soixante ont ouvert l'esprit du campus, elles ont aussi ouvert l'esprit des enseignants du département auquel appartient Morrie, si l'on en juge par les jeans et les sandales qu'ils portent ainsi que par leur manière de concevoir la salle de cours comme un lieu vivant, où l'on respire. Ils préfèrent les discussions aux cours magistraux, l'expérience à la théorie. Ils envoient leurs étudiants dans le fin fond du sud des États-Unis pour des projets sur les droits civiques, et dans les quartiers pauvres pour le travail sur le terrain. Ils se rendent à Washington pour des manifestations, et Morrie est souvent dans le car avec ses étudiants. Lors d'un voyage, c'est avec un léger amusement qu'il observe des femmes en jupes longues, des colliers hippies au cou, en train d'accrocher des fleurs aux fusils des soldats, et puis s'asseoir sur la pelouse, main dans la main, pour essayer de faire léviter le Pentagone.

« Elles ne l'ont pas fait bouger d'un pouce, a-t-il raconté plus tard, mais c'était une belle tentative. »

Une autre fois, un groupe d'étudiants noirs occupent un bâtiment du campus et l'entourent d'une banderole portant l'inscription UNIVERSITÉ MALCOLM X. Comme il y a là des laboratoires de chimie, certains responsables administratifs craignent que ces gauchistes ne fabriquent des bombes dans le sous-sol. Morrie, lui, sait de quoi il retourne. Il voit au cœur du problème : il s'agit d'êtres humains qui ont besoin de sentir qu'ils comptent.

L'affrontement dure plusieurs semaines. Il aurait pu durer encore plus longtemps si Morrie n'était passé près du bâtiment au moment où l'un des manifestants, reconnaissant en lui son professeur préféré, lui hurle d'entrer par la fenêtre.

Une heure plus tard, Morrie escalade la fenêtre avec une liste de revendications qu'il apporte au président de l'université, et la crise est désamorcée.

Morrie a toujours réussi à faire la paix.

Ses cours traitent de psychologie sociale, de la maladie mentale et de la santé, et des processus de groupe. Ils mettent peu l'accent sur ce qu'on appelle maintenant « les compétences professionnelles » et ils donnent à fond dans « le développement personnel ».

Aujourd'hui, des étudiants en droit ou en management jugeraient sans doute les contributions de Morrie comme à la fois stupides et naïves : auront-elles permis à ses étudiants de bien gagner leur vie ou de briller dans des procès retentissants ?

Peut-être faut-il aussi se demander combien d'étudiants en droit ou en management rendent visite à leurs vieux professeurs, une fois qu'ils ont quitté l'université ? Les étudiants de Morrie, eux, le font constamment. Et dans les derniers mois de sa vie, ils sont revenus par centaines, de Boston, de New York, de Californie, de Londres ou de Suisse. Les uns dirigeants d'entreprises, les autres travailleurs sociaux dans les quartiers pauvres. Ils appellent. Ils écrivent. Ils font des centaines de kilomètres en voiture pour une visite, un mot, un sourire.

Et tous disent : « Je n'ai jamais eu un enseignant comme vous. »

Au fil de mes visites chez Morrie, je commence à lire des livres sur la mort et sur la manière dont les différentes cultures se représentent le dernier passage. Une tribu dans les régions arctiques de l'Amérique du Nord croit, par exemple, que toute chose sur terre a une âme. Celle-ci existe sous la forme d'une réplique miniature du corps qui la contient. Un cerf a donc un petit cerf à l'intérieur, et l'homme un homoncule. Quand le grand être meurt, cette petite forme survit. Elle peut se glisser à l'intérieur de quelque chose qui vient à naître dans le voisinage ou bien s'en aller dans un lieu de repos transitoire dans le ciel, dans le ventre d'un grand esprit féminin, où elle attend que la lune la renvoie sur terre.

Parfois, disent-ils, la lune est tellement occupée par ces nouvelles âmes du monde qu'elle disparaît du ciel. C'est la raison pour laquelle nous avons des nuits sans lune. Mais la lune finit toujours par revenir, comme nous le faisons tous.

Telle est leur croyance.

Le septième mardi

Nous parlons de la peur de vieillir

Morrie a perdu la bataille. Il lui faut quelqu'un, maintenant, pour lui essuyer le derrière.

Il accepte cela avec le courage qui le caractérise. Il s'est aperçu qu'il ne pouvait plus tendre le bras derrière lui quand il allait aux toilettes. Il a donc informé Connie de sa dernière défaite.

« Cela ne vous gênerait pas trop de le faire pour moi ? »

Elle a répondu que non.

On reconnaît bien Morrie au fait qu'il lui ait d'abord posé la question.

Morrie admet qu'il lui a fallu un certain temps pour s'habituer. D'une certaine façon il lui faut se soumettre complètement à la maladie. Les choses les plus personnelles et les plus élémentaires lui sont maintenant retirées : aller aux toilettes, s'essuyer le nez, se laver les parties intimes. Il dépend presque entièrement des autres, sauf pour respirer et avaler.

Comment fait-il pour garder une attitude positive à travers cette épreuve.

« Mitch, c'est curieux, dit-il. Je suis quelqu'un d'indépendant, aussi ma tendance naturelle est de lutter contre tout cela, le fait qu'on m'aide à sortir de la voiture, qu'on m'habille. Je me sens un peu honteux, car dans notre culture, on doit avoir honte de ne pas arriver à s'essuyer le derrière. Mais je me suis dit : "Oublie ta culture. Ne l'ai-je pas ignorée une bonne partie de ma vie ? Je ne vais pas avoir honte. Alors, il n'y a pas de quoi en faire une histoire."

« Et tu sais quoi ? C'est incroyable. »

Quoi ?

« J'ai commencé à *aimer* ma dépendance. Maintenant j'aime qu'on me tourne sur le côté et qu'on me frotte le derrière avec de la crème pour m'éviter des escarres. J'aime qu'on m'essuie le front, ou qu'on me masse les jambes. Je me délecte. Je ferme les yeux et je profite de chaque instant. Cela me semble familier.

« C'est comme retourner en enfance. Quelqu'un vous donne votre bain. Quelqu'un vous porte. Quelqu'un vous essuie. Nous savons tous comment faire pour être un enfant. C'est inscrit à l'intérieur de nous. En ce qui me concerne, il s'agit simplement de retrouver le plaisir que j'avais étant enfant.

« Quand nos mères nous portaient dans leurs bras, nous berçaient, nous caressaient la tête, la vérité est que nous n'en avions jamais assez. D'une certaine façon, nous avons tous la nostalgie de ce temps où l'on s'occupait entièrement de nous, de cet amour, de cette attention inconditionnelle. La plupart d'entre nous n'en avons pas reçu assez.

131

« Je sais que c'est mon cas. »

Je regarde Morrie, et je comprends soudain pourquoi il aime tant que je me penche sur lui pour lui rajuster son micro, lui arranger ses oreillers ou lui essuyer les yeux. Le contact humain ! À soixante-dix-huit ans, il donne comme un adulte, et reçoit comme un enfant.

Plus tard, ce même jour, nous parlons de la vieillesse ou plutôt de la peur de vieillir, l'un des sujets qui figurent sur la liste des préoccupations de ma génération. Sur le trajet de l'aéroport, j'ai compté les affiches qui exaltent la jeunesse et la beauté. Un beau jeune homme avec un chapeau de cow-boy fumant une cigarette, deux belles jeunes femmes souriant au-dessus d'une bouteille de shampooing, une adolescente provocante avec son jeans déboutonné, une femme sexy en robe de velours noir, au bras d'un homme en smoking, un verre de scotch à la main.

Je n'ai pas vu une seule fois quelqu'un qui pourrait avoir plus de trente-cinq ans. Quant à moi, je me sens déjà sur la pente descendante, même si j'essaie désespérément de me maintenir au sommet. Je fais constamment de l'exercice. Je fais attention à ce que je mange. Je surveille ma calvitie dans la glace. Moi qui étais si fier de dire mon âge — j'avais fait tant de choses si jeune ! —, je ne le mentionne plus, de peur de me trouver trop près de la quarantaine, âge à partir duquel la profession vous oublie.

Morrie, lui, a une meilleure conception du vieillissement.

« Tout cet engouement pour la jeunesse ! Je ne marche

pas là-dedans, disait-il. Écoute, je sais combien on peut être malheureux quand on est jeune. Alors, qu'on ne me raconte pas d'histoire ! Quand je pense à tous ces enfants qui sont venus me raconter leurs conflits, leurs difficultés, leurs sentiments de ne pas être à la hauteur ! Ils étaient si malheureux et la vie leur paraissait si moche qu'ils voulaient se tuer...

« Et pour comble de malheur, les jeunes ne sont pas des sages. Ils n'ont qu'une compréhension limitée de la vie. Qui a envie de vivre le lot quotidien, quand on ne sait pas quel sens il a ? Quand on vous manipule en vous disant : achetez tel parfum et vous serez belle, ou telle paire de jeans et vous serez sexy, et que vous le croyez ! C'est tellement stupide ! »

Vous n'avez *jamais* eu peur de vieillir ? demandai-je.

« Mitch, je prends la vieillesse à *bras-le-corps.* »

À bras-le-corps ?

« C'est si simple. Plus on vieillit, plus on apprend. Si tu restais âgé de vingt-deux ans, tu serais toujours aussi ignorant que tu l'étais alors. Vieillir, ce n'est pas seulement se détériorer, tu sais ! C'est croître. Ce n'est pas seulement aller vers la mort, ce qui peut être perçu comme négatif, c'est également comprendre que l'on va mourir, ce qui est positif car alors on vit mieux.

— Oui, dis-je, mais si c'est tellement bien de vieillir, pourquoi les gens disent-ils toujours : Oh, si je pouvais retrouver ma jeunesse ! On n'entend jamais les gens dire : "Comme j'aimerais avoir soixante-cinq ans !" »

Il sourit.

« Tu sais ce que cela reflète ? Des vies insatisfaites. Des vies mal remplies. Des vies qui n'ont pas trouvé leur sens. Quand on a trouvé un sens à sa vie, on n'a pas

133

envie de revenir en arrière. On veut aller de l'avant. On veut en voir plus, en faire plus. On a hâte d'avoir soixante-cinq ans.

« Écoute bien. Il faut que tu saches quelque chose. Il faut que tous les jeunes le sachent. Quand on passe son temps à se battre contre la vieillesse, on finit toujours par être malheureux, parce qu'elle arrive de toute façon.

« Et tu sais quoi, Mitch ? »

Il baisse la voix.

« Le fait est là, *toi* aussi, tu *vas mourir* tôt ou tard. »

Je fais oui de la tête.

« Ce que tu te racontes n'y changera rien. »

Je sais.

« Mais, si tout va bien, dit-il, ça n'arrivera pas avant très longtemps. »

Il ferme les yeux, l'air serein, et puis me demande d'arranger les oreillers derrière sa tête. Il faut constamment ajuster les coussins blancs, les mousses jaunes et les serviettes bleues qui soutiennent son corps dans le fauteuil, pour qu'il soit confortablement installé. À première vue, on a l'impression que Morrie est empaqueté comme un colis qui attend qu'on l'enlève.

« Merci », chuchote-t-il tandis que je déplace les oreillers.

Je vous en prie, dis-je.

« Mitch, à quoi penses-tu ? »

Je ne réponds pas tout de suite.

Bon, je me demande comment vous faites pour ne pas envier les gens plus jeunes, en bonne santé.

« Oh, crois bien que je les envie. Il ferme les yeux. Je les envie d'être capables d'aller au gymnase, de nager, de danser. Surtout de danser ! Mais quand l'envie me vient, je la sens, et puis je la laisse partir. Tu te souviens de ce que je t'ai dit à propos du détachement ? Lâcher prise. Il faut se dire : "C'est de l'envie. Je vais m'en séparer maintenant" et s'en éloigner. »

Il tousse, d'une longue toux irritante, porte un mouchoir à sa bouche et crache faiblement dedans. Assis là, je me sens tellement plus fort que lui, ridiculement plus fort. Je pourrais le soulever et le jeter par-dessus mon épaule comme un sac de farine. Cette supériorité me gêne. Je me sens si peu supérieur à lui par ailleurs !

Comment faites-vous pour ne pas…

« Quoi ? »

M'envier ?

Il sourit.

« Mitch, il est impossible aux vieux de ne pas envier les jeunes. La question est d'accepter qui on est et de s'en réjouir. C'est ton tour d'être dans la trentaine. Moi je l'ai été, en mon temps, et maintenant c'est mon tour d'avoir soixante-dix-huit ans. Il faut découvrir ce qui est bon, vrai et beau dans la vie telle qu'elle se présente aujourd'hui. Regarder en arrière vous oblige à comparer. Et la vieillesse n'est pas une affaire de compétition. »

Il soupire et baisse les yeux, comme pour observer son souffle s'évanouir dans l'air.

« En vérité, une part de moi est sans âge. J'ai trois ans, j'ai cinq ans, j'ai trente-sept ans, j'ai cinquante ans. Je suis passé par tous ces âges et je sais ce que c'est. Je suis heureux d'être un enfant quand c'est le moment d'être un enfant. Je suis heureux d'être un vieux sage, quand c'est le moment d'être un vieux sage. Pense à tout ce que je peux être ! J'ai tous les âges, jusqu'à celui que j'ai maintenant. Tu comprends ? »

Je fais oui de la tête.

« Comment puis-je t'envier là où tu te trouves, puisque j'y ai été moi-même ? »

Bien des espèces succombent à leur destin
Une seule court à sa propre perte.

W.H. Auden,
Le poète préféré de Morrie.

Le huitième mardi

Nous parlons de l'argent

Me voilà en train de tenir le journal à la hauteur de Morrie, pour qu'il puisse lire :

JE NE VEUX PAS QU'ON INSCRIVE SUR MA TOMBE :
« JE N'AI JAMAIS POSSÉDÉ UNE CHAÎNE DE TÉLÉVISION. »

Morrie éclate de rire et puis secoue la tête. Derrière lui, le soleil matinal entre maintenant par la fenêtre, et tombe sur les fleurs roses de l'hibiscus posé sur son rebord. C'est une citation de Ted Turner, le milliardaire des médias, fondateur de CNN. Il se plaint de ne pouvoir mettre la main sur la chaîne CBS, et de rater ainsi le contrat du siècle. J'ai apporté cet article à Morrie, ce matin. Si un jour Turner se trouvait dans la même situation que mon vieux professeur, avec le souffle qui s'amenuise, le corps qui se pétrifie, si ses jours diminuaient l'un après l'autre, comme si on les barrait sur un calendrier, serait-il vraiment capable de pleurer pour une chaîne de télévision ?

« C'est toujours la même histoire, Mitch, dit Morrie. On investit dans des choses qui n'en valent pas la peine, et on finit par mener des vies décevantes. Je pense que nous devrions parler de cela. »

Morrie est particulièrement concentré. Il a ses bons et ses mauvais jours maintenant. Aujourd'hui est un bon jour. La veille au soir, un groupe de chanteurs a capella est venu lui faire l'aubade. Il me raconte la soirée avec enthousiasme, comme si les Ink Spots * eux-mêmes lui avaient rendu visite. Morrie a toujours eu l'amour de la musique, même avant sa maladie, mais maintenant ce sentiment est devenu si intense qu'il l'émeut aux larmes. Parfois, le soir, il écoute de l'opéra, les yeux fermés, se laissant porter par la magnificence des voix, tantôt profondes, tantôt aériennes.

« Comme j'aurais aimé que tu entendes ce groupe, hier soir, Mitch. Quelles voix ! »

Morrie a toujours aimé les plaisirs simples, chanter, rire, danser. Maintenant, plus que jamais, les choses matérielles ont perdu de leur importance à ses yeux. Quand les gens meurent, on entend toujours cette expression : « vous ne l'emporterez pas avec vous. » Morrie le sait, semble-t-il, depuis bien longtemps.

« Il y a une sorte de lavage de cerveau dans ce pays, soupire Morrie. Tu sais comment on s'y prend pour laver le cerveau des gens ? On répète sans arrêt la même chose. C'est ce qu'on fait dans ce pays. C'est *bien*

---

* Groupe de chanteurs noirs des années 30-40. (N.d.T.)

d'avoir des choses à soi. C'est *bien* de gagner toujours plus d'argent, de posséder de plus en plus, de vendre et d'acheter toujours plus. *Toujours plus. Toujours plus !* C'est ce que nous répétons, et qu'on nous répète sans cesse jusqu'à ce qu'il n'y ait plus personne pour penser autrement. L'Américain moyen a l'esprit tellement embué par tout cela qu'il n'a plus la moindre idée de ce qui est vraiment important.

« Partout dans ma vie, j'ai rencontré des gens avides de nouveauté. Avides d'une nouvelle voiture. Avides d'une nouvelle maison, ou du dernier jouet à la mode. Ensuite, ils veulent absolument que vous sachiez : "Devine ce que j'ai acheté ? Devine ce que j'ai acheté ?" »

« Tu sais ce que j'ai toujours pensé de cela ? Ces gens sont tellement affamés d'amour qu'ils acceptent n'importe quel substitut. Ils serrent dans leurs bras des choses matérielles dans l'espoir d'être payés de retour. Mais cela ne marche jamais. Aucun bien matériel ne peut remplacer l'amour, la douceur, la tendresse ou le sens de la camaraderie.

« L'argent ne remplace pas la tendresse, pas plus que le pouvoir d'ailleurs. Je te le dis, moi qui suis assis là au seuil de la mort, quand tu en as le plus besoin, ce n'est pas l'argent ni le pouvoir, même si tu en as beaucoup, qui te procurent le bonheur que tu attends. »

Je jette un coup d'œil sur le bureau de Morrie. Il n'a pas changé depuis le premier jour où j'y suis entré. Les livres sont à la même place sur les étagères. Il y a toujours le même vieux bureau couvert de piles de papiers. Il n'y a eu aucune amélioration, aucune remise à neuf dans les autres pièces. En fait, à l'exception du matériel médical, Morrie n'a rien acheté de neuf depuis très très longtemps, peut-être depuis des années. Le jour où il a appris qu'il était en phase terminale, il a perdu tout intérêt pour son pouvoir d'achat.

Ainsi, il y a toujours la même vieille télévision, Charlotte a toujours la même vieille voiture, et il en va de même pour la vaisselle, l'argenterie et les serviettes de toilette. Pourtant la maison a changé du tout au tout. Elle s'est remplie d'amour, d'échanges, d'enseignement. Elle s'est remplie d'amis et de proches, d'honnêteté et de larmes. Elle s'est remplie de collègues, d'étudiants, de maîtres de méditation, de thérapeutes, d'infirmières, et de chanteurs *a capella*. Elle est devenue, dans le vrai sens du terme, une maison riche, même si le compte en banque de Morrie se vide rapidement.

« Dans ce pays, il y a une énorme confusion entre ce qu'on veut et ce dont on a besoin, dit Morrie. On a besoin de manger, mais on *veut* une glace au chocolat. Il faut être honnête avec soi-même. On n'a pas *besoin* de la dernière voiture de sport, on n'a pas *besoin* d'avoir la maison la plus grande.

« La vérité est que ces choses ne nous donnent pas satisfaction. Tu sais ce qui donne vraiment satisfaction ? »

Quoi ?

« Offrir aux autres ce que tu as à donner. »

Vous parlez comme un boy-scout.

« Je ne parle pas d'argent, Mitch. Je parle de ton temps, de ton intérêt. Des histoires que tu racontes. Ce n'est pas si difficile. Il y a un centre du troisième âge qui s'est ouvert près d'ici. Des dizaines de personnes âgées viennent là tous les jours. Si vous êtes jeune, homme ou femme, et que vous savez faire quelque chose, on vous invite à venir et à l'enseigner. Supposons que tu connaisses l'informatique. Tu vas là-bas et tu leur enseignes l'informatique. On t'accueille à bras ouverts. Et on déborde de reconnaissance. C'est comme cela qu'on commence à se respecter soi-même, en offrant ce que l'on a.

« Il existe des tas d'endroits où l'on peut faire cela. Il n'est pas nécessaire d'avoir beaucoup de talent. Les hôpitaux et les asiles sont pleins de personnes seules qui veulent seulement de la compagnie. Tu joues aux cartes avec un vieillard solitaire et tu éprouves un sentiment nouveau de respect pour toi, parce qu'on a besoin de toi.

« Tu te souviens de ce que j'ai dit à propos du sens de la vie ? Je l'ai noté, mais maintenant je peux le réciter par cœur. Consacre-toi à l'amour des autres, consacre-toi à la collectivité qui t'entoure, et consacre-toi à la création de quelque chose qui te donne un but et un sens.

« Tu as remarqué, ajoute-t-il avec un large sourire, il n'y a pas la moindre allusion à un salaire. »

Je note quelques-uns des propos de Morrie sur un bloc. Je ne veux surtout pas qu'il voie mes yeux, qu'il sache ce que je pense. N'ai-je pas, depuis l'université, passé le plus clair de mon temps à courir précisément après les choses qu'il fustige ? Des jouets de plus en plus grands, des maisons de plus en plus belles. Comme je travaillais dans un milieu d'athlètes riches et célèbres, je me suis convaincu que mes besoins étaient réalistes, et que mes appétits n'étaient que peu de chose à côté des leurs.

Je me cache derrière un écran de fumée, et Morrie ne s'y trompe pas.

« Mitch, n'essaie pas de frimer en face des gens qui ont mieux réussi que toi, de toute façon ils te regarderont de haut. N'essaie pas non plus de frimer en face de ceux qui ont moins bien réussi que toi, ils t'envieront, c'est tout. Cela ne te mènera nulle part. Seul un cœur ouvert te permettra d'être à l'aise avec tout le monde. »

Il s'arrête et me regarde.

« Je vais mourir, n'est-ce pas ? »

Oui.

« Pourquoi crois-tu que j'attache tant d'importance aux problèmes des autres ? N'ai-je pas ma dose de souffrance et de douleur ?

« Bien sûr que j'ai ma dose. Mais si je me sens vivant, c'est parce que je donne aux autres. Ce n'est pas à cause de ma voiture ou de ma maison. Ce n'est pas non plus à cause de ce que je vois dans la glace. Quand je donne de mon temps, quand je réussis à arracher un sourire à quelqu'un qui est triste, jamais je ne me sens aussi bien.

« Fais ce qui te vient du cœur. Tu ne seras pas insatisfait, tu ne seras pas envieux, tu ne chercheras pas à obtenir ce qu'ont les autres. Au contraire, tu seras comblé par tout ce qui te sera donné en retour. »

Il tousse et essaie d'atteindre la petite cloche posée sur la chaise. Après plusieurs essais infructueux, je finis par la prendre et la lui mettre dans la main.

« Merci », chuchote-t-il. Il la secoue faiblement, essayant d'attirer l'attention de Connie.

« Ce Ted Turner, dit Morrie, il n'a rien trouvé de mieux à mettre sur sa tombe ? »

Chaque soir, quand je m'endors, je meurs. Et le lendemain matin, au réveil, je reviens à la vie.

Gandhi

Le neuvième mardi

Nous parlons des choses de l'amour

Les feuilles ont commencé à changer de couleur, et le trajet à travers West Newton est une symphonie or et ocre. À Detroit, le conflit social stagne, chaque partie accusant l'autre de ne pas communiquer. Les nouvelles à la télévision sont tout aussi déprimantes. Dans le fin fond du Kentucky, trois hommes ont jeté des morceaux de pierre tombale du haut d'un pont. Ils ont écrasé le pare-brise d'une voiture qui passait et tué une adolescente qui faisait un pèlerinage religieux avec sa famille. En Californie, le procès O.J. Simpson arrive à son terme et semble obséder le pays tout entier. Même dans les aéroports, des postes de télévision branchés sur CNN diffusent les nouvelles pour que les voyageurs soient informés à tout instant.

J'ai essayé d'appeler plusieurs fois mon frère, en Espagne. J'ai laissé des messages lui disant que j'ai vraiment envie de lui parler, que j'ai beaucoup réfléchi à notre relation. Quelques semaines plus tard, j'ai reçu un court message disant que tout allait bien. Il est désolé, mais il n'a pas envie du tout de parler de sa maladie.

Quant à mon vieux professeur, ce n'est pas le fait de parler de sa maladie, mais la maladie elle-même qui est en train de l'emporter. Depuis ma dernière visite, une infirmière lui a mis une sonde dans le pénis. L'urine s'écoule ainsi le long d'un tube jusqu'à une poche en plastique qui se trouve au pied de son fauteuil. Ses jambes nécessitent des soins constants. Elles lui font mal, alors qu'il ne peut plus les bouger, une autre des petites ironies cruelles de la SLA ! Et pour peu que ses pieds ne pendent ne serait-ce que de quelques centimètres en plus en dehors des coussins en mousse, il a l'impression qu'on le pique avec une fourchette. Il arrive qu'au milieu d'une conversation Morrie demande à son visiteur de soulever son pied et de le déplacer très légèrement, ou encore d'ajuster sa tête pour qu'elle se loge plus facilement dans le creux des oreillers. Peut-on imaginer ce que c'est de ne pas pouvoir bouger soi-même sa propre tête ?

À chaque visite, Morrie semble s'enfoncer un peu plus dans son siège, sa colonne vertébrale prenant la forme du fauteuil. Pourtant, tous les matins il insiste pour qu'on le sorte du lit, qu'on roule son fauteuil jusqu'à son bureau, et qu'on le dépose là au milieu de ses livres et de ses papiers, près de l'hibiscus sur le rebord de la fenêtre. Il y a quelque chose de philosophique dans cette attitude, et on le reconnaît bien là.

« Je résume cela dans mon tout dernier aphorisme », me dit-il.

Dites-le-moi.

« Le lit, c'est la mort. »

Il sourit. Seul Morrie peut sourire à propos de quelque chose comme ça.

Les gens de « Nightline » et Ted Koppel lui-même l'ont appelé au téléphone.

« Ils veulent venir et faire une autre émission avec moi, dit-il. Mais ils disent qu'ils veulent attendre. »

Attendre ? Attendre quoi ? Que vous soyez au bout du rouleau ?

« Peut-être. En tout cas, je n'en suis plus très loin. »

Ne dites pas ça.

« Excuse-moi. »

Cela m'embête qu'ils veuillent attendre que vous soyez au bout.

« Cela t'embête, parce que tu veilles sur moi. »

Il sourit.

« Mitch, ils m'utilisent sans doute pour émouvoir les gens. Mais cela ne me dérange pas ! Peut-être bien que je les utilise aussi. Ils m'aident à faire passer mon message à des millions de gens. Je ne pourrais pas le faire sans eux, non ? Donc, c'est un compromis. »

Il se met à tousser, et cela se transforme en un profond et long gargarisme, pour finir par un autre crachat dans son mouchoir.

« De toute façon, dit Morrie, je leur ai dit qu'ils feraient mieux de ne pas attendre trop longtemps, parce que je risque de ne plus avoir de voix. Quand ce truc aura atteint mes poumons, il me sera peut-être impossible de parler. Je ne peux plus parler trop longtemps sans me reposer, à présent. J'ai déjà annulé pas mal de rendez-vous avec des gens qui veulent me voir. Mitch, il y en a tant ! Mais je suis trop fatigué. Si je ne leur donne pas l'attention voulue, alors je ne peux pas les aider. »

Je regarde mon magnétophone et je me sens coupable, comme si je volais ce qui reste de son temps de parole si précieux.

On arrête là ? demandai-je. Ça ne va pas vous fatiguer ?

Morrie ferme les yeux et secoue la tête. On dirait qu'il attend qu'une douleur silencieuse passe.

Non, dit-il finalement. Toi et moi, il faut qu'on continue.

« C'est notre dernière thèse ensemble, tu sais. »

Notre dernière thèse.

« Nous voulons qu'elle soit bien. »

Je pense à notre première thèse ensemble, à l'université. C'était l'idée de Morrie, bien sûr. Il m'avait dit que j'étais capable d'écrire une thèse de doctorat — ce que je n'avais jamais envisagé.

Et nous voilà maintenant, ici, en train de refaire la même chose. Nous sommes partis d'une idée. Un homme en train de mourir parle à un homme bien en vie et lui dit ce qu'il devrait savoir. Cette fois-ci, je suis moins pressé de terminer.

« Quelqu'un m'a posé une question intéressante, hier, continue Morrie, en regardant par-dessus mon épaule la tenture qui se trouve derrière moi, un patchwork de messages pleins d'espoir que des amis lui ont cousu pour son soixante-dixième anniversaire. Chaque carré de tissu porte un message différent : TIENS BON, LE MEILLEUR EST À VENIR, MORRIE — TOUJOURS N° 1 EN SANTÉ MENTALE. »

Quelle est la question ?

« Est-ce que j'ai peur qu'on m'oublie après ma mort ? »

Eh bien ? Qu'en pensez-vous ?

« Je ne pense pas qu'on m'oubliera. Il y a tant de gens qui me sont proches, intimes. Et c'est l'amour qui nous fait vivre même quand on est parti. »

On dirait les paroles d'une chanson — « c'est l'amour qui nous fait vivre ».

Morrie a un petit rire.

« Peut-être. Mais avec tout ce que nous nous disons, Mitch, ne t'arrive-t-il pas quelquefois d'entendre ma voix, quand tu es rentré chez toi ? Quand tu es tout seul ? Peut-être dans l'avion ? ou dans la voiture ? »

J'avoue que oui.

« Alors tu ne m'oublieras pas quand je serai parti. Tu penseras à ma voix, et je serai là. »

Penser à votre voix.

« Et si tu as envie de pleurer un peu, n'hésite pas. »

Cher Morrie ! Il a toujours voulu me faire pleurer depuis ma première année à l'université. « Un jour, je t'aurai ! disait-il.

Oui, oui, répondais-je.

« J'ai trouvé ce que je veux qu'on inscrive sur ma pierre tombale », dit-il.

Je ne veux pas entendre parler de pierres tombales.

« Pourquoi ? Cela te fait peur ? »

Je hausse les épaules.

« N'en parlons plus ! »

Non, non, continuez. Qu'avez-vous décidé ?

Morrie fait claquer ses lèvres.

« J'ai pensé à cette épitaphe : "Il enseigna jusqu'à son dernier souffle." »

Il me laisse un moment de réflexion.

Il enseigna jusqu'à son dernier souffle...

« Ça va ? » dit-il.

Oui, ça va. Ça va même très bien !

Je me suis mis à adorer la façon dont le visage de Morrie s'éclaire quand j'entre dans la pièce. Je sais qu'il fait cela avec beaucoup d'autres, mais il a le talent de donner à chacun de ses visiteurs l'impression que son sourire est unique.

« Ahhhh, voilà mon pote ! » dit-il quand il me voit, de sa voix enrouée et haut perchée.

Et cela ne se limite pas à sa manière d'accueillir. Quand Morrie est avec vous, il est vraiment avec vous. Il vous regarde droit dans les yeux et il vous écoute comme s'il n'y avait que vous au monde. Comme les gens se sentiraient mieux si la première rencontre de la journée ressemblait à cela, au lieu d'être un grognement d'une serveuse, d'un conducteur d'autobus, ou d'un patron !

« Je crois à la valeur de la présence, dit Morrie. Cela veut dire qu'il faut vraiment être avec la personne qui est là. Quand je te parle en ce moment, Mitch, j'essaie de me concentrer uniquement sur ce qui se passe entre nous. Je ne pense pas à ce que nous nous sommes dit la semaine dernière. Je ne pense pas à ce qui va se passer vendredi prochain. Je ne pense pas à une autre émission avec Koppel, ni aux médicaments que je dois prendre.

« C'est à toi que je parle, c'est à toi que je pense. »

Je me souviens de la façon dont il nous transmettait cette idée pendant ses cours sur les processus de groupe. À l'époque, je prenais cela avec dérision, persuadé que c'était à peine digne d'un enseignement universitaire. Apprendre à faire attention ? Quelle importance cela pouvait-il avoir ? Je sais maintenant que c'est ce que j'ai appris de plus important à l'université.

Comme Morrie essaie de me prendre la main, je la lui donne, non sans une culpabilité soudaine. Voilà un homme qui, s'il le voulait, pourrait passer le plus clair de son temps à s'apitoyer sur lui-même, à guetter les signes de sa décrépitude, à surveiller sa respiration. Tant de gens aux prises avec des problèmes bien moindres sont tellement préoccupés d'eux-mêmes ! Leur regard devient vitreux quand vous parlez plus de trente secondes. Ils ont déjà autre chose en tête — un ami à appeler, un fax à envoyer, un amour auquel ils rêvassent. Ils ne redeviennent attentifs que lorsque vous avez fini de parler. Alors, ils disent « Hein ! » ou « Ah oui, vraiment ! » et font comme s'ils n'avaient pas cessé de vous écouter.

« Cela vient en partie de ce que tout le monde est tellement pressé, Mitch, dit Morrie. Les gens n'ont pas trouvé de sens à leur vie, aussi ils passent leur temps à courir à sa recherche. Ils pensent déjà à leur prochaine voiture, leur prochaine maison, leur prochain boulot. Et puis, ils se rendent compte de la vacuité de ces choses, et ils continuent à courir. »

Une fois qu'on a commencé à courir, dis-je, c'est dur de ralentir.

« Pas vraiment, dit-il, en secouant la tête. Tu sais ce que je fais ? Quand quelqu'un essaie de me doubler en voiture — du moins quand j'étais en mesure de conduire —, je lève la main… »

Le voilà qui essaie de faire le geste, mais il ne peut que lever faiblement sa main d'une quinzaine de centimètres.

« … je lève la main, comme si j'allais faire un geste déplaisant, et puis je fais un signe amical et je souris. Au lieu de leur faire un bras d'honneur, tu les laisses passer et tu souris.

« Tu sais quoi ? Très souvent, ils sourient en retour.

« À dire vrai, je n'ai pas besoin de me presser en voiture. Je préfère consacrer mon énergie aux gens. »

C'est ce qu'il fait, en effet, mieux que quiconque. Ceux qui viennent s'asseoir près de lui voient que ses yeux s'embuent quand ils parlent de quelque chose d'horrible, ou pétillent de joie quand on lui raconte une très mauvaise plaisanterie. Il est toujours prêt à montrer ouvertement cette émotion qui nous manque si souvent, à nous autres enfants du baby-boom. Nous nous y connaissons en conversations sans intérêt : « Que fais-tu ? » « Où habites-tu ? » Combien de fois sommes-nous encore capables d'écouter vraiment quelqu'un, sans essayer de lui vendre quelque chose, de lui faire une remarque, de le recruter ou d'obtenir de lui une forme de reconnaissance ? Je crois que beaucoup des visiteurs de Morrie, dans ses derniers mois, viennent non pas pour lui manifester leur attention, mais parce qu'il *leur* manifeste la sienne. En dépit de sa douleur et de sa décrépitude, ce petit vieux les écoute comme ils ont toujours souhaité que quelqu'un les écoute.

Je dis à Morrie qu'il est le père que chacun aimerait avoir.

«Oui, dit-il en fermant les yeux, j'ai une certaine expérience dans ce domaine.»

La dernière fois que Morrie a vu son père, c'était à la morgue. Charlie Schwarz était un homme tranquille, qui aimait lire son journal, seul, sous un réverbère de l'avenue Tremont, dans le Bronx. Chaque soir, quand Morrie était enfant, Charlie faisait une promenade après dîner. C'était un Russe de petite taille, le teint rougeaud, la tête couverte de cheveux grisonnants. Morrie et son frère David le regardaient par la fenêtre appuyé contre un lampadaire. Morrie aurait aimé qu'il rentre et qu'il parle avec eux, mais c'était rare qu'il le fasse. Comme il était rare qu'il les borde ou les embrasse dans leur lit.

Morrie s'était juré de faire tout cela pour ses enfants le jour où il en aurait. Et plus tard, quand il en a eu, c'est ce qu'il a fait.

Alors que Morrie élevait ses propres enfants, Charlie vivait toujours dans le Bronx. Il se promenait toujours le soir, il lisait toujours son journal. Un soir, il est sorti après dîner. À quelques pâtés de maisons de chez lui, deux voleurs l'ont accosté.

«Donne-nous ton fric», lui a dit l'un d'entre eux, en sortant un revolver.

Apeuré, Charlie a jeté son portefeuille et s'est mis à courir. Il a continué à courir, de rue en rue, jusque devant la maison d'un parent. Il s'est effondré devant le porche.

Une crise cardiaque.

Il est mort cette nuit-là.

On a appelé Morrie pour qu'il identifie le corps. Il a pris l'avion jusqu'à New York et s'est rendu à la morgue. On l'a emmené au sous-sol, dans la chambre froide où sont conservés les cadavres.

« Est-ce bien votre père ? » a demandé l'employé.

Morrie a regardé le corps à travers la vitre, le corps de l'homme qui l'avait grondé, l'homme qui l'avait formé et lui avait appris à travailler, qui était resté silencieux quand Morrie aurait voulu qu'il parle, qui lui avait dit d'enfouir le souvenir de sa mère quand il aurait voulu le partager avec le monde entier.

Il a fait un signe de la tête et il est sorti. L'horreur de cette pièce, a-t-il dit plus tard, l'avait empêché de faire quoi que ce soit. C'est longtemps après qu'il a pleuré.

Et pourtant, c'est bien la mort de son père qui a aidé Morrie à préparer la sienne. Il y a une chose dont il est sûr, autour de lui on s'étreindra, on s'embrassera, on parlera et on rira abondamment, il n'y aura pas de paroles d'adieu laissées en souffrance, toutes ces choses qui lui ont tant manqué à la mort de son père et de sa mère.

Quand arrivera le dernier moment, Morrie veut que ceux qu'il aime l'entourent, et sachent ce qui se passe. Personne ne recevra un coup de fil, ni un télégramme, ou ne devra le regarder à travers une vitre dans un sous-sol étranger et froid.

Une tribu amazonienne appelée les Desana croit qu'une quantité fixe d'énergie circule dans le monde, entre toutes les créatures. Ainsi toute naissance doit engendrer une mort, et toute mort est suivie d'une nouvelle naissance. De cette façon, l'énergie du monde reste entière.

Quand ils chassent, les Desana savent que les animaux qu'ils tuent vont laisser un vide dans le puits de l'énergie spirituelle. Mais ils croient aussi que ce vide sera comblé par les âmes des chasseurs le jour où ils mourront. Ainsi si les hommes ne mouraient pas, il ne naîtrait aucun oiseau ni aucun poisson. C'est une idée que j'aime. Et Morrie l'aime aussi. Plus l'heure de son départ approche, plus il semble sentir que nous sommes tous les créatures d'une même forêt. Ce que nous prenons, nous devons le remplacer.

« Ce n'est que justice », dit-il.

Le dixième mardi

Nous parlons du mariage

Un nouveau visiteur m'accompagne chez Morrie : ma femme.

Il me la réclame depuis le premier jour. « Quand ferai-je la connaissance de Janine ? Quand viendras-tu avec elle ? » J'ai toujours eu mille excuses pour ne pas le faire jusqu'à ces derniers jours, quand je l'ai appelé pour prendre de ses nouvelles.

Il a mis du temps à venir au téléphone. Et lorsqu'il y est arrivé, j'ai entendu du bruit tandis qu'on lui tenait le combiné. Manifestement, il ne pouvait plus le soulever lui-même.

« Allôôô », dit-il à bout de souffle.

Tout va bien, Coach ?

Je l'entends souffler.

« Mitch… il n'est pas en forme ton coach, aujourd'hui. »

Morrie dort de plus en plus mal. Il a besoin d'oxygène presque toutes les nuits maintenant, et ses quintes de toux sont devenues effrayantes. Une seule quinte peut durer une heure, et il ne sait jamais s'il va pouvoir l'arrêter. Il a toujours dit qu'il mourrait le jour où la maladie gagnerait ses poumons. Je frissonne en pensant à quel point sa mort est proche.

On se voit mardi, vous irez mieux alors.

« Mitch. »

Oui ?

« Est-ce que ta femme est là ? »

Elle est assise près de moi.

« Passe-la-moi, je veux entendre sa voix. »

Je suis marié avec une femme douée d'infiniment plus de bonté naturelle que moi. Bien qu'elle n'ait jamais rencontré Morrie, la voilà qui prend le téléphone. Moi, j'aurais secoué la tête et j'aurais chuchoté « Je ne suis pas là, je ne suis pas là ». En l'espace d'une minute, elle établit le contact avec mon vieux professeur, comme s'ils se connaissaient depuis l'université. Je le sens, même si la seule chose que j'entends c'est « Ah bon ? bon ? Mitch me l'a dit… Oh merci… »

Elle raccroche.

« Je viens avec toi la prochaine fois. »

C'était décidé.

Nous voilà maintenant assis dans son bureau, de chaque côté de son fauteuil inclinable. Morrie l'admet lui-même, il est un flirt inoffensif. Alors qu'il doit souvent s'arrêter pour tousser ou pour utiliser la chaise percée, il semble que la présence de Janine lui redonne de l'énergie. Le voilà qui regarde les photos de notre mariage que Janine a apportées.

« Tu viens de Detroit ? » lui demande Morrie.

Oui, dit Janine.

« J'ai enseigné un an à Detroit, à la fin des années quarante. Je me souviens d'une histoire amusante. »

Il s'arrête pour se moucher. Comme il s'empêtre dans le mouchoir, c'est moi qui le tiens en place, et il souffle dedans avec peine. Je serre le mouchoir contre ses narines, puis l'enlève, comme une mère le fait avec son enfant, quand elle est en voiture.

« Merci, Mitch. Il regarde Janine. Je vous présente un de mes aides préférés ! »

Janine sourit.

« Venons-en à mon histoire. Nous étions une bande de sociologues à l'université et nous jouions au poker avec d'autres collègues, dont un type qui était chirurgien. Un soir, après la partie, il m'a dit : "Morrie, j'aimerais te voir travailler." J'ai dit d'accord. Il est donc venu assister à l'un de mes cours et il m'a regardé enseigner.

« Une fois le cours terminé, il m'a dit : "Bien, maintenant que dis-tu de venir voir mon travail ? J'opère justement ce soir." Je voulais lui retourner la politesse, aussi j'ai dit oui.

« Il m'a emmené à l'hôpital. Il m'a dit : "Lave-toi à fond, mets un masque, et enfile une blouse." Je me suis retrouvé à côté de lui à la table d'opération. Il y avait une femme, la patiente, sur la table, nue de la taille aux pieds. Il a pris un couteau et il l'a ouverte... comme ça ! Bon... »

Morrie lève un doigt et trace une spirale.

« ... ma tête a commencé à tourner. J'étais sur le point de m'évanouir. Tout ce sang, berk ! L'infirmière à côté de moi m'a dit : "Que se passe-t-il, docteur ?" Je ne suis pas docteur ! *sortez-moi d'ici.* »

Nous éclatons de rire et Morrie rit avec nous aussi fort que son maigre souffle le lui permet. C'est la première fois depuis des semaines que je l'entends raconter une histoire comme celle-là. Comme c'est étrange ! Il a failli s'évanouir en face de la maladie d'un autre, et le voilà qui supporte si courageusement la sienne.

Connie frappe à la porte et annonce que le repas de Morrie est prêt. Mais il ne s'agit pas de la soupe aux carottes, ni des pâtés aux légumes, ni des pâtes grecques que je lui ai apportés ce matin. Même si j'essaie d'acheter ce qu'il y a de plus facile à avaler, c'est maintenant au-dessus de ses forces de mastiquer et d'avaler. Il ne mange guère plus que des suppléments liquides, avec à la rigueur un muffin trempé dedans jusqu'à ce qu'il soit tout mou et facile à digérer. Charlotte passe presque tout au mixer, maintenant, et il aspire sa nourriture avec une paille. Pourtant je continue à faire mes achats toutes les semaines et à les lui montrer en arrivant. C'est beaucoup plus pour l'expression de son visage que pour autre chose. Quand j'ouvre le frigo, je vois qu'il déborde de boîtes en plastique. Sans doute, j'espère encore qu'un jour nous pourrons à nouveau partager un vrai repas, il mangera salement, parlera tout en mastiquant, projetant joyeusement la nourriture hors de sa bouche. C'est un peu bête d'avoir un tel espoir !

« Donc... Janine », commence Morrie.

Elle sourit.

« Tu es belle. Donne-moi ta main. »

Elle la lui donne.

« Mitch m'a dit que tu es une chanteuse professionnelle. »

Oui, dit Janine.

« Il dit que tu es une grande chanteuse. »

Elle rit.

Non ! C'est lui qui le dit !

Morrie lève les sourcils.

« Tu ne voudrais pas chanter quelque chose pour moi ? »

Depuis que je connais Janine, j'entends les gens lui demander cela. Quand ils apprennent que son métier est de chanter, ils demandent toujours : « Chantez-nous quelque chose ! » Mais Janine a le talent modeste et elle n'accepte pas de chanter dans n'importe quelle situation. Aussi elle ne le fait jamais. Elle refuse poliment. Je m'attends donc à ce qu'elle fasse de même.

C'est alors qu'elle se met à chanter :

> *Il suffit que je pense à toi*
> *Et j'oublie de faire*
> *Toutes ces petites choses*
> *que tout le monde devrait faire.*

C'est une chanson des années trente, écrite par Ray Noble, que Janine chante avec tendresse, les yeux dans les yeux de Morrie. Je suis stupéfait, une fois de plus, par la capacité qu'a Morrie de susciter l'émotion chez des gens qui, en d'autres circonstances, la retiendraient prisonnière. Morrie, les yeux fermés, absorbe chaque note. Et tandis que la voix chaude de ma femme emplit la pièce, un large sourire éclaire son visage. Son corps est aussi raide qu'un sac de sable, mais on peut presque voir qu'il danse à l'intérieur.

Je vois ton visage dans chaque fleur
tes yeux dans les étoiles là-haut,
il suffit que je pense à toi
Cette pensée à elle seule
Mon amour...

Elle a fini. Morrie ouvre les yeux et des larmes coulent le long de ses joues. Depuis que j'entends ma femme chanter, je ne l'ai jamais entendue chanter comme elle vient de le faire.

Le mariage ! Presque tous les gens que je connais ont un problème avec le mariage. Les uns ont du mal à y entrer, les autres ont du mal à en sortir. Ma génération se bat avec la question de l'engagement, semble-t-il. Comme si c'était un monstre sorti de quelque obscur marécage. J'ai pris l'habitude d'assister à des mariages, de féliciter le couple, et d'être à peine surpris quelques années plus tard quand je vois le marié assis dans un restaurant avec une femme plus jeune qu'il me présente comme une amie. «Je suis séparé maintenant... », dit-il généralement.

Je pose la question à Morrie.

Pourquoi avons-nous tant de mal ? J'ai attendu sept ans avant de proposer le mariage à Janine. Je me demande si les gens de mon âge sont plus prudents que ceux qui nous ont précédés, ou tout simplement plus égoïstes ?

«Oui, ta génération me navre, dit Morrie. Dans notre culture, c'est si important de trouver quelqu'un à aimer. Le monde nous donne si peu d'amour ! Mais les pauvres gosses d'aujourd'hui, soit ils sont trop égoïstes pour entrer dans une vraie relation d'amour, soit ils se précipitent dans le mariage, et six mois plus tard ils divorcent ! Ils ne savent pas ce qu'ils cherchent chez un partenaire. Ils ne savent même pas qui ils sont eux-mêmes. Comment pourraient-ils savoir qui ils épousent ? »

Il soupire. Morrie a conseillé tant d'amoureux malheureux pendant ses années de professorat.

« C'est triste ! Avoir quelqu'un à aimer, c'est si important ! On s'en rend compte à mon âge surtout, quand on va moins bien. Les amis, c'est merveilleux, mais les amis ne sont pas là la nuit où vous vous mettrez à tousser, où vous ne pourrez pas dormir, où quelqu'un devra rester assis toute la nuit près de vous, pour vous réconforter et essayer de vous aider. »

Charlotte et Morrie se sont rencontrés quand ils étaient étudiants. Ils sont mariés depuis quarante-quatre ans. Je les observe tous les deux maintenant. Elle lui fait penser à ses médicaments, ou bien elle entre et vient lui caresser le cou, ou bien encore ils parlent de leurs fils. On les sent unis et souvent un coup d'œil silencieux leur suffit pour savoir ce que l'autre pense. Charlotte est une personne réservée, très différente de Morrie, mais je sais à quel point il la respecte car il arrive que, lorsque nous parlons, il me dise « Charlotte ne voudrait peut-être pas que je raconte cela » et il met un terme à la conversation. Ce sont les seules fois où Morrie garde quelque chose pour lui.

« J'ai appris une chose sur le mariage, poursuit-il. On est mis à l'épreuve. On découvre qui on est, qui est l'autre, et comment on peut ou non s'entendre. »

Y a-t-il une règle quelconque pour savoir si un mariage va marcher ?

Morric sourit.

« Les choses ne sont pas si simples, Mitch. »

Je sais.

« Cependant, il y a quelques règles que je sais être bonnes pour l'amour et le mariage : si tu ne respectes pas l'autre, cela se passe mal. Si tu ne sais pas faire des compromis, cela se passe mal. Si tu ne parles pas ouvertement de ce qui se passe entre toi et l'autre, aussi. Et s'il n'y a pas de valeurs communes, ça se passe encore plus mal. Il faut avoir des valeurs proches.

« Et la plus importante de ces valeurs, Mitch… »

Oui ?

« C'est de croire à *l'importance* de son mariage. »

Il renifle, puis ferme les yeux un moment.

« Personnellement, soupire-t-il, les yeux toujours clos, je pense qu'il est important de se marier. On passe à côté de tant de choses quand on n'essaie pas. »

Il clôt le sujet en citant ce poème qui est un peu comme une prière : « Aimez-vous les uns les autres, sinon vous êtes perdus. »

Bon, j'ai une question, dis-je à Morrie.

De ses doigts maigres, il tient ses lunettes sur sa poitrine qui se soulève et retombe tandis qu'il peine à respirer.

« Vas-y ? »

Vous vous souvenez du Livre de Job ?

« Dans la Bible ? »

Oui. Job est un juste, mais Dieu le fait souffrir. Pour mettre sa foi à l'épreuve.

« Je me souviens. »

Il lui enlève tout ce qu'il possède, sa maison, son argent, sa famille...

« Sa santé. »

Il lui envoie une maladie.

« Pour mettre sa foi à l'épreuve. »

Oui. Pour la mettre à l'épreuve. Je me demande donc...

« Tu te demandes quoi ? »

Ce que vous en pensez.

Morrie tousse violemment. Ses mains tremblent alors qu'il les laisse tomber sur le côté.

« Je pense, dit-il en souriant, que Dieu en a fait un peu trop. »

Le onzième mardi

Nous parlons de notre culture

« Tapez plus fort ! »

Je tape sur le dos de Morrie.

« Plus fort ! »

Je recommence.

« Près des épaules… maintenant plus bas. »

Morrie, vêtu de son pantalon de pyjama, est allongé sur le côté dans son lit, sa tête enfouie dans l'oreiller, la bouche ouverte. La kinésithérapeute me montre comment faire pour dégager ses poumons des glaires qui les obstruent, ce qu'il faut faire régulièrement maintenant pour empêcher qu'ils ne se solidifient et lui permettre de respirer.

« J'ai… toujours su… que tu voulais… me battre… », dit Morrie en haletant.

Oui ! En plaisantant, je tape avec mon poignet contre la peau d'albâtre de son dos.

Voilà pour la sale note que tu m'as donnée en première année ! Vlan !

Nous rions tous, d'un rire nerveux. Comme chaque fois que le diable rôde dans les parages. Cette petite scène aurait pu être charmante si nous ne savions pas tous qu'il s'agissait de la dernière gymnastique avant la mort. La maladie approche dangereusement du point critique, les poumons. Morrie a toujours prédit qu'il mourrait d'étouffement, et je ne peux imaginer de façon plus terrible de s'en aller. Parfois il ferme les yeux et essaie d'aspirer l'air par la bouche et les narines. On dirait alors qu'il essaie de lever une ancre.

Dehors, le temps s'est rafraîchi. Nous sommes dans les premiers jours d'octobre, les feuilles s'entassent sur les pelouses. La kinésithérapeute de Morrie est arrivée plus tôt, et d'habitude je me retire quand les infirmières ou les spécialistes s'occupent de lui. Mais au fil des semaines, conscient du peu de temps qui nous reste, je suis de moins en moins gêné. Je veux être là. Je veux tout observer. Ce n'est pas mon genre, mais à ce compte-là, rien de ce qui s'est passé ces derniers mois chez Morrie n'est à proprement parler mon genre.

J'observe donc le travail de la kiné qui lui martèle les côtes, et je demande à Morrie s'il sent que cela se dégage à l'intérieur. À l'occasion d'une pause, elle me demande si je veux essayer. J'acquiesce. Le visage sur l'oreiller, Morrie esquisse un léger sourire.

« Pas trop fort, dit-il. Je suis un vieil homme. »

Me voilà donc martelant son dos et ses côtés en suivant les instructions qu'on me donne. Je hais l'idée que Morrie soit cloué au lit. J'ai dans l'oreille son dernier aphorisme, « Le lit, c'est la mort ». Recroquevillé sur le côté, il est si petit, si flétri. Ne dirait-on pas le corps d'un enfant plutôt que celui d'un homme. Je vois la pâleur de sa peau, les cheveux blancs épars, la façon dont ses bras pendent flasques et sans forces. Je pense à tout ce temps que nous passons à essayer de modeler nos corps, à soulever des poids, à faire craquer nos articulations à force de flexions, et en fin de compte, la nature reprend ses droits, quoi qu'on fasse. Sous mes doigts, je sens la peau qui se décolle autour de ses os, et je tape fort comme on me dit de le faire. À vrai dire, je suis là en train de tambouriner sur son dos alors que j'ai envie de taper contre les murs !

« Mitch ? » halète Morrie, la voix saccadée comme le bruit d'un marteau piqueur, tandis que je continue à le marteler.

Hein ?

« Quand... est-ce que... je t'ai donné... une sale note ? »

Morrie croit que l'homme est bon par essence. Mais il constate également ce qu'il peut devenir.

« Les gens ne sont mesquins que lorsqu'ils sont menacés, dit-il un peu plus tard, ce même jour. C'est ce qui se passe dans notre culture et notre économie. Même les gens qui ont un travail dans notre système économique sont menacés, puisqu'ils ont peur de le perdre. Quand on se sent menacé, on ne se préoccupe plus que de soi. On fait de l'argent un dieu. Ainsi va notre monde. »

Il souffle un moment.

« C'est pourquoi je ne veux pas entrer là-dedans. »

J'approuve de la tête et lui serre la main. C'est que maintenant nous nous tenons souvent la main. Voilà encore un autre changement pour moi ! Les choses qui m'auraient fait peur ou qui m'auraient gêné avant font désormais partie du quotidien. La poche en plastique reliée à la sonde urinaire et remplie d'un liquide verdâtre gît à mes pieds, sur le sol à côté de son fauteuil. Il y a quelques mois, cela m'aurait sans doute dégoûté. Je n'y fais même plus attention maintenant. Il en est de même pour l'odeur de la pièce après le passage de Morrie sur la chaise percée. Il ne peut plus s'offrir le luxe de se déplacer, de fermer la porte des toilettes derrière lui, de vaporiser un déodorant avant de quitter les lieux. Sa vie se déroule maintenant entre son lit et son fauteuil. Si je devais vivre dans un espace aussi réduit, j'aurais bien du mal, je le crains, à faire que cela sente bon.

« Voici ce que j'entends par se fabriquer sa propre petite sous-culture, continue Morrie. Je ne veux pas dire qu'il faille mépriser les règles de la communauté dans laquelle on vit. Je ne me promène pas tout nu, par exemple. Je ne brûle pas les feux rouges. Je peux obéir à ces petites choses. Mais les grandes choses, c'est-à-dire nos choix en matière de pensée et de valeur ! On ne peut pas laisser quelqu'un d'autre — ou même la société — choisir à notre place.

« Prenons l'exemple de mon état. Je devrais être gêné par le fait que je ne peux plus marcher, que je ne peux plus m'essuyer le derrière, qu'en me réveillant le matin j'ai envie de pleurer. Et pourtant il n'y a rien d'intrinsèquement gênant ni honteux à cela !

« C'est pareil pour l'idéal de minceur des femmes ou l'idéal de richesse des hommes. Ce n'est finalement qu'une croyance inculquée par notre culture. On est pas obligé d'y croire ! »

Je demande alors à Morrie pourquoi il n'est pas parti ailleurs quand il était plus jeune.

« Pour aller où ? »

Je ne sais pas. En Amérique du Sud, en Nouvelle-Guinée. Dans un endroit moins égoïste que l'Amérique.

« Toutes les sociétés ont leurs problèmes », dit Morrie en levant les sourcils, seul mouvement qu'il peut encore faire quand il veut hausser les épaules. La solution n'est pas de fuir. Il faut travailler à créer ses propres valeurs.

« Peu importe où l'on vit, notre plus gros défaut à nous, êtres humains, est notre myopie. Nous ne voyons pas ce que nous pourrions devenir, ce dont nous sommes capables, toutes les directions dans lesquelles nous pourrions nous développer. Quand on est entouré de gens qui disent "je veux tout, tout de suite", on se retrouve avec un petit nombre de gens qui ont tout, et une armée pour empêcher les pauvres de se soulever et de s'en emparer. »

Morrie regarde par-dessus mon épaule vers la fenêtre. De temps en temps on entend un camion qui passe ou une rafale de vent. Son regard s'attarde un moment sur les maisons voisines, puis il continue.

« Le problème, Mitch, c'est que nous ne nous rendons pas compte à quel point nous sommes tous les mêmes. Que nous soyons blanc ou noir, catholique ou protestant, homme ou femme ! Si nous pouvions voir en chacun un autre nous-même, alors nous serions prêts à nous rassembler en une grande famille humaine, et nous prendrions soin les uns des autres, comme nous prenons soin de notre propre famille.

« Crois-moi, quand on va mourir, on sait que c'est vrai. N'avons-nous pas tous en commun le même commencement, la naissance, et la même fin, la mort ? Où donc se situe notre différence ?

« Mise sur la famille humaine, occupe-toi des gens. Construis une petite communauté avec ceux que tu aimes et qui t'aiment. »

Il me serre doucement la main. Je réponds en serrant plus fort. Comme dans ces attractions de fêtes foraines où il faut frapper avec un marteau pour faire monter le disque le plus haut possible, je peux presque voir la chaleur de mon corps monter dans la poitrine et le cou de Morrie jusqu'aux joues, jusqu'aux yeux. Il sourit.

« Au début de la vie, quand nous sommes encore tout-petits, nous avons besoin des autres pour survivre, non ? À la fin de la vie, quand on devient comme je le suis, on a aussi besoin des autres pour survivre, d'accord ? »

Baissant le ton jusqu'à chuchoter :

« Je vais te dire un secret : entre les deux, on a aussi besoin des autres. »

Un peu plus tard, Connie et moi allons dans la chambre regarder le verdict de l'affaire Simpson. Il règne une tension particulière alors que les protagonistes font face au jury, Simpson dans son costume bleu, entouré de sa petite armée d'avocats, à quelques pas seulement des procureurs qui veulent le voir derrière les barreaux. Quand le juge lit le verdict « Non coupable », Connie pousse un cri strident.

« Oh, mon Dieu ! »

Nous regardons Simpson embrasser ses avocats. Nous écoutons les commentateurs essayer d'expliquer ce que cela signifie. Nous voyons une foule de Noirs qui manifestent leur joie dans les rues à l'extérieur du tribunal, et une foule de Blancs sous le choc, assis dans les restaurants. On salue la décision comme un événement capital, alors qu'il y a des meurtres tous les jours. Connie sort dans le vestibule. Elle en a vu assez.

J'entends la porte du bureau de Morrie se fermer. Je suis là, rivé au poste de télévision. *Le monde entier est en train de regarder ce truc*, me dis-je. Puis, de l'autre pièce me vient le bruit que l'on fait quand on soulève Morrie de son fauteuil et je souris. Tandis que le « procès du siècle » arrive à son terme dramatique, mon vieux professeur est assis sur sa chaise percée.

Nous sommes en 1979, un match de basket dans le gymnase de l'université. L'équipe se distingue et les étudiants commencent à chanter : « On est premier, on est premier ! » Morrie est assis non loin de là. Cette acclamation l'irrite. C'est alors qu'au milieu d'un « on est premier ! » il se lève et hurle « Qu'y a-t-il de mal à être deuxième ? ».

Les étudiants le regardent. Ils arrêtent de chanter. Il se rassoit, un sourire triomphant aux lèvres.

L'émission de télévision
troisième partie

L'équipe de «Nightline» vient pour sa troisième et dernière visite. Le ton de l'émission a changé. Il s'agit moins d'une interview que d'un adieu plein de tristesse. Ted Koppel a appelé plusieurs fois avant de venir, s'inquiétant auprès de Morrie :

— Êtes-vous sûr de pouvoir le faire ?

Morrie n'était pas sûr.

«Je suis constamment fatigué maintenant, Ted. Et j'étouffe souvent. Si je ne peux pas dire quelque chose, le direz-vous à ma place ?»

Koppel rassure Morrie. Puis le présentateur habituellement si stoïque ajoute :

«Si vous ne voulez pas qu'on fasse l'émission, Morrie, pas de problème. Je viendrai quand même vous dire au revoir.»

Plus tard, Morrie dit en souriant malicieusement :

«J'ai réussi à le toucher !»

Et c'est vrai. Koppel parle maintenant de Morrie comme d'un «ami». Mon vieux professeur a donc réussi à éveiller la compassion jusque dans le milieu de la télévision !

Le jour de l'interview, un vendredi après-midi, Morrie porte la même chemise que la veille. À ce moment-là, il ne change de chemise que tous les deux jours, alors pourquoi rompre ses habitudes ?

À la différence des deux dernières émissions, celle-ci se déroule entièrement dans le bureau de Morrie, où ce dernier se trouve prisonnier de son fauteuil. Ayant embrassé mon vieux professeur la première fois qu'il l'a vu, Koppel se doit maintenant de le refaire. Il lui faut donc se faufiler le long de la bibliothèque pour être dans le champ de la caméra.

Avant de commencer, Koppel s'informe des progrès de la maladie.

« Où en êtes-vous, Morrie ? »

Morrie lève faiblement la main, à mi-hauteur de son ventre. Il ne peut pas aller plus haut.

Koppel a donc sa réponse.

La caméra tourne. C'est la troisième et dernière interview. Morrie a-t-il davantage peur, maintenant qu'il est proche de sa mort ? Non, répond Morrie. À vrai dire, il a moins peur. Il raconte comment il se détache de certains aspects du monde extérieur. Il lit moins les journaux, se soucie moins de son courrier. En revanche, il écoute plus de musique, et regarde les feuilles changer de couleur, par la fenêtre.

D'autres personnes souffrent de la SLA, Morrie le sait. Et certains sont célèbres, comme Stephen Hawking, le brillant physicien, auteur d'*Une Brève histoire du temps*. Il vit avec un trou dans la gorge, et donc il parle à travers un synthétiseur, l'ordinateur captant les mouvements de son œil quand il dicte en battant des paupières.

176

C'est admirable certes, mais ce n'est pas comme cela que Morrie veut vivre. Il saura, dit-il à Koppel, quand il sera temps pour lui de partir.

« En ce qui me concerne, Ted, vivre c'est être en relation avec les autres. Cela signifie qu'il faut que je puisse montrer mes émotions et mes sentiments. Parler. Me sentir relié... »

Il souffle.

« Quand je ne pourrai plus faire cela, je partirai. »

Les voilà qui parlent comme des amis. Une fois encore, Koppel l'interroge sur cette fameuse limite qu'il redoutait plus que tout, être obligé de se faire essuyer le derrière, espérant sans doute une réponse pleine d'humour. Mais Morrie est trop fatigué, même pour sourire. Il secoue la tête.

« Quand je suis assis sur ma chaise percée, je ne peux plus me tenir droit. Je tombe tout le temps sur le côté, aussi on doit me tenir. Quand j'ai fini, il faut qu'on m'essuie. Voilà où j'en suis ! »

Il dit à Koppel qu'il voudrait mourir sereinement. Il lui fait part de son dernier aphorisme : « Ne pas lâcher prise trop tôt, mais ne pas s'accrocher trop longtemps. »

Koppel opine tristement de la tête. Six mois seulement ont passé depuis la première émission, et Morrie Schwarz n'est plus qu'une ruine, c'est évident. Il a donné à voir sa déchéance au public d'une grande chaîne de télévision, une minisérie sur la mort d'un homme ! Mais si son corps est pourri, son rayonnement intérieur n'en est que plus brillant.

Vers la fin de l'émission, Morrie apparaît en gros plan. Koppel n'est même plus dans le champ de la caméra, on entend seulement sa voix. Mon vieux professeur souhaite-t-il dire quelque chose aux millions de gens qu'il a touchés ? Bien que cette proposition n'ait pas été faite dans ce sens, je ne peux m'empêcher de penser au condamné à mort à qui l'on demande ses dernières volontés.

« Ayez de la compassion, chuchote Morrie. Et sentez-vous responsable les uns des autres. Si seulement nous apprenions cela, le monde serait tellement meilleur ! »

Il reprend son souffle, puis ajoute son mantra :

« Aimez-vous les uns les autres, sinon vous êtes perdus. »

C'est la fin de l'interview. Mais, sans qu'on sache pourquoi, la caméra continue à filmer, et cette dernière scène est enregistrée.

« Vous avez été très bon », dit Koppel.

Morrie sourit faiblement.

« Je vous ai donné tout ce que j'avais.

— Comme toujours.

— Ted, cette maladie en veut à mon esprit. Mais elle ne l'aura pas. Elle aura mon corps. Mais elle *n'aura pas* mon esprit. »

Koppel est au bord des larmes.

« Vous avez été formidable.

— Vous croyez ? Morrie roule les yeux vers le plafond. Je négocie avec Lui, là-haut, maintenant. Je Lui demande : "Est-ce qu'Il me prendra parmi ses anges ?" »

C'est la première fois que Morrie reconnaît qu'il parle à Dieu.

Le douzième mardi

Nous parlons du pardon

« Il faut se pardonner à soi-même avant de mourir. Et puis pardonner aux autres. »

Nous sommes quelques jours après l'interview de « Nightline ». Le ciel est pluvieux et sombre. Morrie est pelotonné sous une couverture. Je suis assis à l'extrémité de son fauteuil et je tiens ses pieds nus entre mes mains. Ils sont calleux et recroquevillés, et leurs ongles sont jaunes. Je verse quelques gouttes d'huile d'un petit flacon dans mes mains, et je commence à lui masser les chevilles.

Voilà une autre de ces choses que j'ai vu faire à ses aides depuis des mois, et maintenant je me porte volontaire car j'essaie de me raccrocher à tout ce que je peux pour être près de lui. Morrie ne peut même plus remuer ses doigts de pieds, et pourtant il continue à sentir la douleur, et les massages le soulagent. Et puis, bien sûr, Morrie aime être tenu et touché. Au point où il en est arrivé, je ferais n'importe quoi pour le rendre heureux.

«Mitch, dit-il en revenant sur la question du pardon, il ne sert à rien de vouloir se venger ni de s'entêter. Il y a des choses, soupire-t-il, des choses que je regrette tellement dans ma vie. L'orgueil. La vanité. Pour quelles raisons faisons-nous les choses que nous faisons ? »

Je suis préoccupé par l'importance du pardon. J'ai vu ces films dans lesquels le patriarche d'une famille appelle sur son lit de mort son fils avec lequel il est brouillé, pour faire la paix avec lui avant de mourir. Je me demande si Morrie éprouve un besoin semblable à l'intérieur de lui, un besoin soudain de dire «pardon !» avant de mourir ?

Morrie acquiesce.

«Tu vois cette sculpture ? »

Il penche la tête vers un buste posé sur une des étagères du haut dans son bureau. Je ne l'ai jamais vraiment remarqué avant. Moulé en bronze, il représente le visage d'un homme dans la quarantaine, avec un nœud papillon, une mèche de cheveux lui barrant le front.

«C'est moi, dit Morrie. Un de mes amis l'a sculptée, il y a une trentaine d'années. Il s'appelait Norman. Nous passions beaucoup de temps ensemble. Nous allions nager, nous faisions des virées à New York. Il m'a invité chez lui à Cambridge, et il a sculpté ce buste dans son sous-sol. Cela lui a pris plusieurs semaines, mais il voulait vraiment le réussir. »

J'examine le visage de près. Comme c'est étrange de voir un Morrie en trois dimensions, rayonnant de santé, si jeune, qui nous observe pendant que nous parlons. Même dans ce bronze, on retrouve son regard fantasque, et je me dis que cet ami a su saisir quelque chose de son esprit.

« Venons-en à la partie triste de l'histoire, dit Morrie. Norman et sa femme sont partis pour Chicago. Un peu plus tard, ma femme, Charlotte, a dû subir une opération assez grave. Norman et sa femme ne se sont jamais manifestés. Je savais qu'ils étaient au courant. Charlotte et moi, nous avons été très blessés qu'ils n'appellent jamais pour prendre de ses nouvelles. Alors nous avons décidé de couper les ponts.

« Ensuite, j'ai rencontré Norman à quelques occasions et il a toujours essayé de se réconcilier avec nous, mais j'ai refusé. Son explication ne me satisfaisait pas. J'étais plein d'orgueil. Je l'ai repoussé. »

Sa voix s'étouffe.

« Mitch... il y a quelques années... il est mort d'un cancer. Et je me sens si triste. Je ne l'ai jamais revu. Je ne suis pas arrivé à lui pardonner. Cela me fait si mal maintenant... »

Il pleure à nouveau, doucement, silencieusement. Comme sa tête est penchée en arrière, les larmes coulent sur les côtés de son visage avant d'atteindre ses lèvres.

Je suis désolé, dis-je.

« Ce n'est pas la peine, les larmes me font du bien », chuchote-t-il.

Je continue à frotter ses doigts de pieds inanimés avec de l'huile. Il pleure pendant quelques minutes, seul avec ses souvenirs.

« Ce n'est pas seulement aux autres que nous avons besoin de pardonner, Mitch, finit-il par chuchoter. Nous avons besoin de nous pardonner à nous-même. »

Nous-même ?

« Oui. Pour tout ce qu'on n'a pas fait. Tout ce qu'on

aurait dû faire. On ne peut rester fixés dans les regrets. Cela n'aide pas, quand on arrive au stade où je me trouve.

«J'aurais toujours aimé en faire plus dans mon travail. J'aurais aimé écrire plus de livres. Je me le suis toujours reproché. Maintenant je vois que cela ne servait à rien. Faire la paix! Voilà ce dont nous avons besoin. La paix avec soi-même, la paix avec tous ceux qui nous entourent.»

Je me penche vers lui et tamponne ses larmes avec un mouchoir. Morrie entrouvre les yeux puis les referme. J'entends sa respiration, comme un léger ronflement.

«Pardonne-toi. Pardonne aux autres. N'attends pas, Mitch. Tout le monde n'a pas le temps dont je dispose. Tout le monde n'a pas cette chance.»

Jetant le mouchoir dans la corbeille à papier, je reviens à ses pieds. Cette chance? J'appuie mon pouce sur sa peau endurcie et il ne le sent même pas.

«La tension des contraires, Mitch. Tu te souviens? Les choses qui vous tirent dans des directions opposées?»

Je m'en souviens.

«Je pleure sur mon temps qui s'amenuise, mais j'apprécie la chance qui m'est donnée de mettre mes affaires en ordre.»

Nous restons là en silence, un moment, pendant que la pluie crépite contre les vitres. L'hibiscus, derrière sa tête, tient bon, petit mais solide.

«Mitch», dit Morrie à voix basse.

Hein?

Je fais rouler ses orteils entre mes doigts, absorbé dans ma tâche.

« Regarde-moi. »

Je lève les yeux et je vois qu'il a un regard particulièrement intense.

« Je ne sais pas pourquoi tu es revenu vers moi. Mais je veux te dire ceci… »

Il s'arrête, et sa voix s'étrangle.

« Si j'avais pu avoir un autre fils, j'aurais aimé qu'il soit comme toi. »

Je baisse les yeux, pétrissant la chair sans vie de ses pieds entre mes doigts. L'espace d'un instant, j'ai peur, comme si en acceptant ses mots j'allais en quelque sorte trahir mon propre père. Mais quand je relève les yeux, je vois Morrie sourire à travers ses larmes, et je sais qu'il n'y a aucune trahison dans un moment comme celui-ci.

Tout ce dont j'ai peur, c'est de dire au revoir.

« *J'ai choisi un endroit pour y être enterré.* »

Où donc ?

« *Pas loin d'ici. Sur une colline, sous un arbre, avec vue sur un étang. Un endroit très serein. Idéal pour méditer.* »

Avez-vous l'intention de méditer là-bas ?

« *J'ai l'intention d'être mort, là-bas.* »

Nous rions tous les deux.

« *Est-ce que tu viendras me rendre visite ?* »

Vous rendre visite ?

« *Viens me parler, c'est tout. Comme si c'était un mardi. Tu viens toujours le mardi.* »

Nous sommes des gens du mardi.

« *Bien sûr ! Des gens du mardi. Alors, viens me parler.* »

Il est devenu si faible, en si peu de temps.

« *Regarde-moi* », dit-il.

Je le regarde.

« *Tu viendras sur ma tombe ? Pour me raconter tes problèmes ?* »

Mes problèmes ?

« Oui. »

Et vous me répondrez ?

« Je ferai ce que je peux. Ne l'ai-je pas toujours fait ? »

J'imagine sa tombe, sur la colline, avec vue sur l'étang, un petit mètre carré dans lequel on va le déposer, le couvrir de terre, et mettre une pierre par-dessus. Peut-être dans quelques semaines ? Ou dans quelques jours ? Je me vois assis là tout seul, les bras croisés sur mes genoux, le regard perdu dans le lointain.

Ce ne sera pas la même chose, dis-je, je ne pourrai plus vous entendre parler.

« Ah ! parler... »

Il ferme les yeux et sourit.

« Tu sais quoi ? Après ma mort, c'est toi qui parleras. Et moi, j'écouterai. »

Le treizième mardi

Nous parlons de la journée parfaite

Morrie veut être incinéré. Il en a parlé avec Charlotte, et ils ont décidé que ce serait la meilleure solution. Le rabbin de son université, Al Axelrad, un ami de longue date qu'ils ont choisi pour célébrer les obsèques, est venu rendre visite à Morrie, et ce dernier lui a fait part de ses intentions.

« Al ?

— Oui.

— Veille à ce que je ne sois pas trop cuit. »

Le rabbin est sidéré. Comment Morrie trouve-t-il le moyen de plaisanter à propos de son corps ? Plus il s'approche de la fin, plus il considère son corps comme une simple coquille à l'intérieur de laquelle se loge son âme. De toute façon, il n'a plus que la peau sur des os qui ne servent à rien. Cela rend plus facile de lâcher prise.

« Voir la mort nous fait si peur ! » me dit Morrie quand je m'assois.

J'accroche le micro à son col, mais il retombe

constamment. Morrie tousse. Il tousse sans arrêt maintenant.

« J'ai lu un livre, l'autre jour. On y lit que dès que quelqu'un meurt dans un hôpital, on recouvre sa tête avec les draps, et on emporte le corps dans un chariot jusqu'à une sorte de toboggan dans lequel on le pousse. On a hâte de s'en débarrasser. Les gens agissent comme si la mort était contagieuse. »

J'essaie de remettre le micro en place. Morrie regarde mes mains.

« Ce n'est pas contagieux, tu sais. La mort est aussi naturelle que la vie. Elle fait partie du contrat. »

Il tousse encore et je me recule et attends, toujours prêt à affronter quelque chose de grave. Morrie a passé de fort mauvaises nuits, ces derniers temps. Des nuits effrayantes. Il ne peut dormir que quelques heures à la fois avant d'être réveillé par de terribles quintes de toux. Les infirmières viennent dans la chambre, lui tapent dans le dos, essaient de faire sortir les glaires. Même s'il arrive à respirer de nouveau normalement — c'est-à-dire avec l'aide de l'oxygène —, cette lutte le laisse épuisé pour toute la journée suivante.

Il a maintenant des tuyaux d'oxygène dans le nez. Je déteste voir cela. Cela symbolise à mes yeux la dépendance totale. J'ai envie de les lui retirer.

« La nuit dernière... » dit Morrie doucement.

Oui, la nuit dernière ?

« ... J'ai eu une terrible crise. Cela a duré des heures. Et je n'étais pas sûr de m'en sortir. Je n'avais plus de souffle. J'étouffais sans arrêt. J'ai commencé à avoir la tête qui tourne... et puis j'ai senti une certaine paix. J'ai senti que j'étais prêt à partir. »

Ses yeux s'ouvrent en grand.

« Mitch, c'était une sensation vraiment incroyable. La sensation d'accepter ce qui se passait, d'être en paix. J'ai pensé à un rêve que j'ai fait la semaine dernière, dans lequel je franchissais un pont vers quelque chose d'inconnu. J'étais prêt à aller vers ce qui pouvait se présenter. »

Mais vous ne l'avez pas fait.

Morrie attend un instant. Il secoue légèrement la tête.

« Non, je ne l'ai pas fait. Mais je sentais que je *pouvais* le faire. Tu comprends ?

« C'est ce que nous cherchons tous. Être en paix avec l'idée de mourir. Si nous savons finalement qu'à la fin nous pouvons atteindre cette paix face à la mort, alors nous sommes capables de faire ce qui est vraiment difficile. »

C'est-à-dire ?

« Être en paix avec la vie. »

Il demande à voir l'hibiscus posé derrière lui. Je le tiens au creux de ma main pour l'approcher de ses yeux. Il sourit.

« C'est naturel de mourir, répète-t-il. Si nous en faisons une telle histoire, c'est simplement parce que nous ne sentons pas à quel point nous faisons partie de la nature. Nous pensons que le fait d'être humains nous place au-dessus de la nature. »

Il adresse un sourire à la plante.

« C'est faux ! Tout ce qui naît meurt un jour. »

Il me regarde.

« Tu es d'accord avec cela ? »

Oui.

« Bon ! dit-il à voix basse. Mais nous avons quand

même un avantage. Voici en quoi nous *sommes différents* de toutes ces merveilles de plantes et d'animaux.

« Tant que nous pouvons aimer et nous souvenir de ce sentiment d'amour, nous pouvons mourir sans vraiment nous en aller. L'amour que l'on a créé est là. Les souvenirs sont là. On continue à vivre dans le cœur de ceux que l'on a touchés et nourris de son vivant. »

Sa voix devient rauque, ce qui signifie généralement qu'il a besoin de marquer une pause. Je remets la plante à sa place et je me lève pour arrêter le magnétophone. Voici la dernière phrase de Morrie avant que je n'arrête l'enregistrement : « La mort met fin à une vie, mais pas à une relation. »

Il y a du nouveau dans le traitement de la SLA : on parle d'un nouveau médicament expérimental. Il ne s'agit pas de guérir mais de retarder l'évolution de quelques mois. Morrie en a entendu parler, mais chez lui la maladie est trop avancée. De toute façon, le médicament ne sera pas disponible avant plusieurs mois.

« Pas pour moi », dit Morrie, écartant cette option.

Pendant toute la durée de sa maladie, Morrie n'a jamais espéré une guérison. Il était réaliste, presque à l'excès. Un jour, je lui ai demandé si quelqu'un devait le guérir d'un coup de baguette magique, redeviendrait-il progressivement celui qu'il avait été avant ?

Il dit non de la tête.

« Pas question de pouvoir revenir en arrière. Je suis un homme différent, maintenant. Mes attitudes sont différentes. J'apprécie mon corps différemment, ce que je ne faisais pas assez avant. Je suis différent dans la mesure où je m'attaque aux questions ultimes, celles qui ne vous lâchent plus.

« Tu vois, c'est ça. Une fois que l'on touche aux questions importantes, il n'y a plus moyen de s'en écarter. »

Et quelles sont les questions importantes ?

« Pour moi, elles concernent l'amour, la responsabilité, la spiritualité, la conscience. Et si j'étais en bonne santé aujourd'hui, ces questions resteraient pour moi les grandes questions. Elles auraient dû l'être depuis le début. »

J'essaie d'imaginer Morrie en bonne santé. J'essaie de l'imaginer rejetant les couvertures, se levant de son fauteuil, partant avec moi pour une promenade aux alentours, comme nous le faisions sur le campus. Je me rends subitement compte que cela fait seize ans que je ne l'ai pas vu debout. Seize ans !

Et si on vous rendait votre santé pour une seule journée ? demandai-je, que feriez-vous ?

« Vingt-quatre heures ? »

Vingt-quatre heures.

« Voyons… je me lèverais le matin, je ferais ma gymnastique, je prendrais un merveilleux petit déjeuner avec des petits pains et du thé, j'irais nager, et ensuite j'inviterais mes amis à venir ici pour un bon déjeuner. Je les ferais venir un ou deux à la fois pour que nous puissions parler de leur famille, leurs problèmes, et de tout ce que nous représentons les uns pour les autres.

« Ensuite, j'aimerais faire une promenade, dans un jardin avec des arbres, pour regarder leurs couleurs, regarder les oiseaux, goûter cette nature que je n'ai pas vue depuis si longtemps.

« Le soir, nous irions tous ensemble au restaurant

manger un merveilleux plat de pâtes, avec peut-être du canard — j'adore le canard ! — et ensuite on danserait le reste de la nuit. Je danserais avec de sublimes partenaires jusqu'à l'épuisement. Puis je rentrerais à la maison pour m'endormir d'un merveilleux sommeil profond. »

C'est tout ?

« C'est tout. »

C'est si simple, si banal. En fait je suis un peu déçu. Je pensais qu'il prendrait l'avion pour l'Italie, qu'il déjeunerait avec le président des États-Unis, qu'il gambaderait sur la plage, ou qu'il chercherait à faire les choses les plus exotiques qui lui passeraient par la tête. Après tous ces mois couché, incapable de bouger une jambe ou un pied, comment peut-il trouver la perfection dans une journée aussi ordinaire ?

C'est alors que je comprends que c'est précisément de cela qu'il s'agit.

Avant que je ne prenne congé ce jour-là, Morrie demande si *lui* peut aborder une question.

« Ton frère », dit-il.

Je frissonne. Je ne sais pas comment Morrie sait ce qui me préoccupe. Cela fait des semaines que j'essaie de joindre mon frère en Espagne, et j'ai su par un de ses amis qu'il faisait la navette en avion pour aller dans un hôpital d'Amsterdam.

« Mitch, je sais que cela fait mal quand on ne peut pas être aux côtés de quelqu'un que l'on aime. Mais on a besoin d'être en paix avec ce que l'autre désire. Peutêtre qu'il ne veut pas que tu arrêtes ce que tu fais. Ce serait peut-être trop lourd pour lui. Je dis à tous ceux que je connais de ne rien changer à leur vie. Il ne s'agit pas de tout casser parce que je meurs. »

Mais c'est mon frère.

« Je sais bien, dit Morrie, c'est pour ça que cela fait mal. »

Je vois Peter à l'âge de huit ans, avec une masse de cheveux blonds sur la tête, trempés de sueur. Je nous vois en train de lutter dans la cour de la maison, nos jeans pleins de taches d'herbe aux genoux. Je le vois chantant devant la glace, avec une brosse à cheveux comme microphone, et je nous vois coincés dans les combles, une de nos cachettes d'enfants, pour vérifier si nos parents avaient vraiment envie qu'on vienne à table.

Et puis je le vois, adulte, quand il nous a quittés, maigre et fragile, le visage émacié à la suite de la chimiothérapie.

Morrie, pourquoi ne veut-il pas me voir ?

Mon vieux professeur pousse un soupir.

« Les relations n'obéissent à aucune formule. Elles doivent être négociées avec amour, avec de la place pour les deux parties, en tenant compte de la vie de chacun, de ce que chacun veut ou peut faire, de ce dont chacun a besoin.

« Dans les affaires, on négocie pour gagner. On négocie pour obtenir ce qu'on veut. Peut-être as-tu trop l'habitude de cela. L'amour, c'est autre chose. L'amour, c'est quand on se préoccupe autant de l'autre que de soi.

« Tu as connu des moments précieux avec ton frère, et tu les as perdus. Tu veux les retrouver. Tu veux que cela ne s'arrête jamais. Mais cela fait partie de la condition humaine, les choses s'arrêtent et se renouvellent, sans cesse. »

Je le regarde. Jc vois toute la mort du monde. Je me sens désemparé.

« Tu trouveras un chemin pour rejoindre ton frère » dit Morrie.

Comment pouvez-vous le savoir ?

Morrie sourit.

« Tu m'as bien trouvé, non ? »

« On m'a raconté une jolie histoire, l'autre jour », dit Morrie.

Il ferme les yeux un moment, et j'attends.

« Bon, c'est l'histoire d'une petite vague qui va clapotant sur l'océan, s'amusant comme une folle. Heureuse dans le vent et le grand air, jusqu'à ce qu'elle aperçoive les autres vagues devant elle qui s'écrasent contre le rivage.

« Mon Dieu ! C'est affreux, dit la vague, qu'est-ce qui va m'arriver ?

« Ensuite, arrive une autre vague. Elle voit la mine sombre de la première vague et lui demande : "Pourquoi as-tu l'air si triste ?" La première vague répond : "Tu ne comprends donc pas ! Nous allons toutes nous écraser ! Nous allons toutes disparaître ! C'est affreux."

« La deuxième vague lui dit : "Non, c'est toi qui ne comprends pas. Tu n'es pas une vague, tu es une partie de l'océan." »

Je souris. Morrie referme les yeux.

« Une partie de l'océan, une partie de l'océan. »

Je le regarde respirer, inspirer, expirer.

Le quatorzième mardi

Nous nous disons adieu

Le temps est froid et humide. Je gravis les marches de la maison de Morrie. J'enregistre des petits détails, des choses que je n'ai pas remarquées tout au long de mes visites. La forme de la colline. La façade en pierre de la maison. Les pachysandras, les petits arbustes. Je marche lentement, prenant mon temps, sur les feuilles mortes mouillées qui s'écrasent sous mes pieds.

Charlotte m'a appelé la veille pour me dire que « Morrie ne va pas très bien ». C'est sa manière de dire que la fin est proche. Morrie a annulé tous ses rendez-vous et dort la plupart du temps, ce qui ne lui ressemble guère. Il n'aime pas dormir, tant qu'il y a des gens avec qui parler.

« Il veut vous voir, dit Charlotte, mais Mitch... »
Oui ?
« Il est très faible. »
Les marches de l'entrée, la vitre de la porte, j'absorbe ces choses lentement, en les observant comme si je les

voyais pour la première fois. Je sens le poids de mon magnétophone dans le sac que je porte à l'épaule. Je l'ai ouvert pour vérifier que j'avais des cassettes. Je ne sais pas pourquoi. J'ai toujours des cassettes.

Connie vient m'ouvrir. D'habitude elle est pleine d'allant, aujourd'hui elle a les traits tirés. Elle me dit bonjour à voix basse.

«Comment va-t-il?» dis-je.

«Pas très bien. Elle se mord la lèvre. Je ne veux pas y penser, c'est un homme tellement adorable, vous savez.»

Je le sais.

«Quel gâchis!»

Charlotte vient vers moi et me serre dans ses bras. Elle me dit que Morrie dort toujours, bien qu'il soit dix heures du matin. Nous entrons dans la cuisine. Je l'aide à mettre de l'ordre, et je remarque tous les flacons de pilules alignés sur la table, une petite armée de soldats en plastique marron avec des casquettes blanches. Mon vieux professeur est maintenant sous morphine.

Je mets au frigo la nourriture que j'ai apportée — de la soupe, des pâtés aux légumes, une salade de thon. Je m'en excuse auprès de Charlotte. Cela fait des mois que Morrie n'a pas touché à ce genre de nourriture, nous le savons tous les deux, mais c'est devenu une petite tradition. Parfois, quand on va perdre quelqu'un, on s'accroche à ce qu'on peut.

J'attends dans le salon où Morrie et Ted Koppel avaient enregistré leur première interview. Je lis le journal qui traîne sur la table. Au Minnesota, deux enfants se sont tiré dessus en jouant avec le fusil de leur père.

196

Dans une ruelle de Los Angeles, on a trouvé un bébé dans une poubelle.

Je repose le journal et je contemple la cheminée, vide. Je tape légèrement du pied sur le plancher. Enfin, j'entends une porte qui s'ouvre et se referme, et ensuite les pas de Charlotte qui vient vers moi.

« C'est bon, dit-elle doucement, il vous attend. »

Je me lève et je me dirige vers l'endroit habituel, et puis je vois une femme inconnue assise au bout du couloir, sur une chaise pliante, lisant un livre, les jambes croisées. C'est une des infirmières de soins palliatifs qui veillent vingt-quatre heures sur vingt-quatre.

Le bureau de Morrie est vide. Je me sens perdu. J'hésite un moment et je reviens vers la chambre à coucher, il est là dans son lit, sous les draps. Je ne l'ai vu ainsi qu'une seule fois, alors qu'on lui donnait un massage, et j'entends résonner dans ma tête son aphorisme : « Le lit, c'est la mort. »

J'entre, plaquant un sourire sur mon visage. Il porte une sorte de haut de pyjama jaune et une couverture le recouvre à partir de la poitrine. La bosse qu'il fait dans le lit est si petite que j'ai presque l'impression qu'il manque quelque chose. Il est aussi menu qu'un enfant.

Morrie a la bouche ouverte et sa peau est pâle et tendue sur les os du visage. Ses yeux basculent vers moi et il essaie de me parler, mais je n'entends qu'un léger grognement.

Mais le voilà, dis-je en essayant de rassembler mes dernières réserves d'enthousiasme. Il souffle, ferme les yeux puis sourit, et même cet effort semble le fatiguer.

« Mon... cher ami... », finit-il par dire.

Je suis votre ami, dis-je.

« Ça ne va pas... très fort... aujourd'hui. »

Demain, ça ira mieux.

Il se force à respirer de nouveau et à faire un signe de la tête. Il essaie de faire quelque chose sous les draps et je me rends compte qu'il tente d'amener ses mains vers l'ouverture.

« Tiens...-moi. »

J'écarte la couverture et saisis ses doigts. Ils disparaissent dans ma main. Je me penche tout près, à quelques centimètres de son visage. C'est la première fois que je le vois non rasé, avec de petits poils blancs si incongrus, comme si quelqu'un avait délicatement saupoudré de sel ses joues et son menton. Comment la vie peut-elle encore se manifester dans sa barbe, alors qu'elle se retire partout ailleurs ?

Morrie, dis-je doucement.

« Coach », dit-il en me corrigeant.

Coach, dis-je.

Je frissonne. Il parle par bouffées, inspirant de l'air, expirant des mots. Sa voix n'est plus qu'un mince filet râpeux. Il sent la pommade.

« Tu es quelqu'un de bien. »

Quelqu'un de bien.

« Tu... m'as... touché..., murmure-t-il. Il déplace mes mains vers son cœur. Ici. »

J'ai l'impression d'avoir un gouffre au fond de la gorge.

Coach ?

« Ahhh ? »

Je ne sais comment dire au revoir.

Il tapote doucement ma main, en la gardant contre sa poitrine.

«C'est... comme ça... qu'on se dit au revoir...»

Il respire doucement, inspirant, expirant, je sens sa cage thoracique monter et descendre. Puis il me regarde dans les yeux.

«Je... t'aime...», dit-il d'une voix presque inaudible.

Je t'aime aussi, Coach.

«Je... le... sais... et autre... chose... aussi.»

Quoi d'autre ?

«Tu... m'as... toujours... aimé.»

Ses yeux sont devenus tout petits, puis il pleure, grimaçant comme un bébé surpris par ses larmes. Je le tiens contre moi pendant plusieurs minutes, frottant sa peau décollée, caressant ses cheveux. J'effleure son visage de la paume de ma main et je sens les os à fleur de peau et les toutes petites larmes que l'on dirait déposées là par une pipette.

Lorsque sa respiration redevient plus ou moins normale, je me racle la gorge. Je sais qu'il est fatigué, lui dis-je. Je reviendrai donc le mardi suivant. Je m'attends, n'est-ce pas, à ce qu'il soit un peu plus présent ! Il pousse un petit grognement, ce qu'il peut faire de mieux en guise de rire. Cela n'en reste pas moins un son triste.

Je prends le sac avec le magnétophone, que je n'ai pas ouvert. Pourquoi diable l'ai-je apporté ? Je savais qu'il ne servirait pas. Je me penche et l'embrasse très près, mon visage contre le sien, peau contre peau, restant là plus longtemps que d'habitude pour le cas où cela lui apporterait ne serait-ce que le quart d'une seconde de plaisir.

OK, lui dis-je en m'écartant.

Je cligne des yeux pour retenir mes larmes. Il fait un

mouvement des lèvres et lève les sourcils à la vue de mon visage. J'aime à penser que c'était là un bref instant de satisfaction pour mon cher vieux professeur qui, finalement, avait réussi à me faire pleurer.

«OK», dit-il dans un murmure.

La fin

Morrie meurt un samedi matin.

Sa famille proche est avec lui dans la maison. Rob a réussi à venir de Tokyo et il a pu embrasser son père. Jon est là, et bien sûr Charlotte, et la cousine de Charlotte, Marsha, celle qui a écrit le poème qui a tellement ému Morrie lors de ses obsèques « officieuses », le poème qui le compare à un « tendre séquoia ». Ils dorment à tour de rôle près de son lit. Morrie est entré dans le coma deux jours après ma dernière visite, et, selon le médecin, il peut mourir à tout instant. Au lieu de cela, il s'accroche tout le long d'un rude après-midi et d'une sombre nuit.

Finalement, le 4 novembre, lorsque ceux qu'il aime ont quitté la chambre pour un court instant, pour avaler une tasse de café — c'est la première fois depuis qu'il est dans le coma que personne ne se trouve à son côté —, Morrie cesse de respirer.

Il est parti.

Je crois qu'il a fait exprès de mourir de cette façon. Je crois qu'il ne voulait pas de moments poignants. Il ne voulait pas qu'on assiste à son dernier souffle, pour en être hanté comme lui avait été hanté par le télégramme annonçant la mort de sa mère ou par le cadavre de son père à la morgue.

Je crois qu'il savait qu'il était dans son lit, chez lui, que ses livres, ses manuscrits et son petit hibiscus n'étaient pas loin. Il voulait partir dans la sérénité, et c'est ce qu'il a fait.

Les funérailles ont lieu par un matin humide et venteux. L'herbe est mouillée et le ciel est d'une teinte laiteuse. Nous nous tenons près du trou dans la terre, suffisamment près de l'étang pour entendre le clapot de l'eau contre la berge et pour voir les canards secouer leurs plumes.

Des centaines de personnes auraient voulu venir, mais Charlotte a tenu à ce que cela reste intime, quelques amis très proches et des parents. Le rabbin Axelrad lit quelques poèmes. Le frère de Morrie, David, qui boite toujours à cause de la poliomyélite de son enfance, soulève la pelle et jette un peu de terre dans la tombe, conformément à la tradition.

À un certain moment, lorsqu'on pose les cendres de Morrie dans la terre, je jette un coup d'œil sur le cimetière. Morrie avait raison. C'est vraiment un très bel endroit, avec des arbres, de l'herbe et la pente d'une colline.

C'est toi qui parleras, et moi j'écouterai, avait-il dit.

J'essaie de le faire dans ma tête et, à ma grande joie, je constate que la conversation imaginée semble presque naturelle. J'abaisse mon regard vers mes mains, je vois ma montre, et je comprends pourquoi.

Nous sommes mardi.

Mon père allait parmi nous, les enfants, et faisait bourgeonner chaque arbre par son chant, et chacun était sûr que le printemps dansait chaque fois que mon père chantait.

Un poème de E.E. Cummings,
lu par Rob, le fils de Morrie,
lors de ses obsèques.

Conclusion

Il m'arrive de me retourner vers la personne que j'étais avant de redécouvrir mon vieux professeur. Je veux parler à cette personne. Je veux lui dire à quoi elle doit faire attention, les erreurs à éviter. Je veux lui dire d'être plus ouverte, de résister à l'attrait des valeurs qu'on nous propose, d'être attentive quand ceux qu'elle aime parlent, comme si c'était la dernière fois.

Je veux surtout lui dire de prendre l'avion et d'aller voir un vieil homme très doux, à West Newton, Massachusetts, et de le faire vite, avant que le vieil homme ne tombe malade et ne puisse plus danser.

Je sais que je ne peux pas le faire. Aucun d'entre nous ne peut défaire ce qu'il a fait, ni revivre une vie déjà enregistrée. Mais si le professeur Morrie Schwarz m'a appris une chose, c'est que dans la vie il n'est jamais « trop tard ». Il n'a pas cessé de changer jusqu'au dernier jour.

Peu de temps après la mort de Morrie, j'ai réussi à joindre mon frère en Espagne. Nous avons eu une longue conversation. Je lui ai dit que je respectais la distance qu'il souhaitait et que tout ce que je voulais était de rester en contact — dans le présent et pas uniquement dans le passé — et de lui faire dans ma vie la place qu'il peut m'accorder.

« Tu es mon seul frère, lui dis-je. Je ne veux pas te perdre. Je t'aime. »

Jamais je ne lui avais dit une chose pareille.

Quelques jours plus tard, je reçois un message sur mon fax. Le texte s'étale sur la feuille en majuscules, mal ponctué, à la manière caractéristique de mon frère.

Cela commence par : « SALUT ! JE SUIS ARRIVÉ AUX ANNÉES QUATRE-VINGT-DIX. » Puis suivent quelques petits paragraphes sur ses activités de la semaine, une ou deux histoires drôles. Il termine de la façon suivante :

« EN CE MOMENT, J'AI DES BRÛLURES D'ESTOMAC ET LA DIARRHÉE, LA VIE EST UNE SALOPE ; ON BAVARDERA PLUS TARD ?

signé FESSES ROUGES »

J'en ai ri aux larmes.

Ce livre, c'est surtout Morrie qui en a eu l'idée. Il l'appelait « notre dernière thèse ». Comme tout bon projet, ce travail nous a rapprochés, et Morrie était ravi d'apprendre que plusieurs éditeurs s'y intéressaient, bien qu'il soit mort avant d'en rencontrer aucun. L'argent de l'à-valoir a contribué aux énormes dépenses médicales de Morrie, et pour cela nous étions tous les deux reconnaissants.

D'ailleurs le titre nous est venu un jour dans le bureau de Morrie. Il aimait donner des noms à toute chose. Il a proposé plusieurs titres, mais lorsque je lui ai dit «et pourquoi pas *Tuesdays with Morrie*», il a souri en rougissant et j'ai su que c'était le bon.

Après la mort de Morrie, j'ai trié des papiers de l'université. Et j'ai découvert un essai que j'avais écrit pour un de ses cours, vingt ans plutôt. Sur la couverture, j'avais griffonné des commentaires au crayon, à l'intention de Morrie. En dessous il avait écrit les siens.

Les miens commençaient par «Cher Coach...».

Les siens commençaient par «Cher Joueur...».

Je ne sais pourquoi, mais chaque fois que je lis cela, Morrie me manque un peu plus.

Avez-vous eu un véritable maître? Quelqu'un pour qui vous êtes une matière brute, mais précieuse, un joyau qu'on fait briller d'un bel éclat, à force de sagesse? Si vous avez la chance de trouver un tel maître, vous saurez toujours le retrouver. Parfois ce sera seulement en pensée. Parfois ce sera au chevet de son lit.

Son dernier cours, mon vieux professeur l'a donné chez lui, près d'une fenêtre de son bureau, où il pouvait voir un petit hibiscus perdre ses fleurs roses. Le cours avait lieu une fois par semaine, le mardi. Aucune lecture n'était exigée. Le sujet portait sur le sens de la vie. L'enseignement s'inspirait de l'expérience.

L'enseignement continue.

Postface inédite à la présente édition

Cher lecteur,

Dix ans se sont écoulés depuis la première publication de ce livre et à cette occasion, permettez-moi d'ajouter quelques mots. Ce n'est pas une tâche aisée : cet ouvrage a changé ma vie, si j'en crois des lecteurs du monde entier, il a également changé la vie de nombreuses personnes. Par où commencer ?

Peut-être en relatant une anecdote que je n'ai pas mentionnée initialement. J'en avais l'intention mais pour quelques raisons inexpliquées je décidai de ne pas le faire. La voici donc, des années plus tard :

La première fois que j'ai téléphoné à Morrie Schwartz, mon ancien professeur, qui à l'apoque était dans les griffes de la sclérose latérale amyotrophique (SLA) ou maladie de Charcot, j'ai senti le besoin de me présenter de nouveau à lui pour me resituer. Après tout nous ne nous étions pas parlé depuis seize ans. Se souviendrait-il seulement de mon nom ? À l'université, j'avais l'habitude de l'appeler « Coach ». Dieu seul sait pourquoi. Un clin d'œil sportif, sans doute dans le genre : « *Salut, Coach. Comment ça va, Coach ?* »

Bref, ce jour-là au téléphone, quand son « *Allô* » a retenti, j'ai pris mon inspiration et dit « *Morrie, c'est Mitch Albom. J'étais un de vos étudiants dans les années 1970. Je ne sais pas si vous vous souvenez de moi.* »

Et il me répondit immédiatement :
« *Comment ça se fait que tu ne m'appelles plus Coach ?* »

Cette phrase marqua le début de mon voyage. Mon périple commença par cette conversation téléphonique, se poursuivit lorsque, rongé par la culpabilité, je lui rendis visite la première fois à West Newton, et puis encore à chaque visite, tous les mardis qui suivirent, lors de sa lente décripitude, son agonie et sa fin si paisible, si digne. Puis vinrent les funérailles, ma période de deuil, tous les jours que je passais dans mon sous-sol à écrire ces pages, quand ce livre fut imprimé avec son petit tirage initial bientôt suivi de deux cent réimpressions inattendues. Ce voyage ne s'arrêta pas là : il se poursuivit à travers tous les États-Unis, dans bien d'autres pays, chaque fois que ce livre a été étudié en classe ou lu à l'occasion de mariages ou d'enterrements. Il continua avec les milliers et les milliers de lettres, de courriels, de commentaires ou d'accolades déchirants que je reçus de la part de parfaits inconnus, chacun d'entre eux pouvant résumer ainsi ce qu'ils ressentaient : votre histoire m'a ému.

Mais ce n'était pas *mon* histoire.

C'était celle de Morrie. Son invitation. Sa dernière leçon. J'étais seulement convié à y assister.

« *Comment ça se fait que tu ne m'appelles plus Coach ?* »

J'avais tout simplement oublié. Lui, s'en souvenait.

Et voilà toute la différence qui existait entre nous deux.

Avec cette phrase, Morrie m'a fait changer. À présent, je m'efforce de me souvenir de tout, comme lui. Comment faire autrement ? On me pose des questions sur mon ancien professeur presque tous les jours et je plaisante souvent en disant que ce livre est la revanche de Morrie pour mon indifférence à son égard pendant toutes les années qui ont précédé nos retrouvailles. Dorénavant, je suis son étudiant pour l'éternité, revenant chaque automne, au printemps et en été pour la même leçon, encore et encore. Je l'ai accepté. J'ai toujours su que Morrie avait quelque chose de particulier à transmettre. J'en ai eu l'intuition trente ans auparavant lorsqu'il portait des favoris, des pulls jaunes à cols roulés et gesticulait devant ses étudiants. Je l'ai ressenti encore des années plus tard, après que cette horrible maladie l'a laissé affaibli et amorphe dans son grand fauteuil, chez lui, sa voix n'étant plus qu'un murmure, son corps tellement amoindri que je devais tourner sa tête de mon côté pour qu'il puisse me voir.

Il avait alors la même sagesse et la même tendresse qu'autrefois. Et il prouva, comme il l'avait toujours souhaité, qu'il était professeur dans l'âme. Jusqu'à la fin.

Quand j'ai commencé à réfléchir à cette postface, j'ai relu les notes que j'avais prises à l'issue de nos entretiens. J'avais précédemment retranscrit toutes les cassettes que j'avais enregistrées et classé mes notes par thème. En diffusant la voix de Morrie à nouveau, en déroulant les bandes au hasard, je me demandai si j'allais tomber sur un élément digne d'intérêt, quelque chose qui donnerait un sens nouveau à tout ce qui était arrivé.

Et un thème s'imposa alors à moi : « La vie après la mort. »

Morrie était agnostique depuis des années, de son propre aveu.

Mais après que la maladie de Charcot a été détectée chez lui, il a commencé ses propres recherches. Il a reconsidéré ses positions. Il s'est plongé dans les enseignements religieux. Un certain mardi d'août 1995, si j'en crois mes notes, nous avons abordé ce sujet. Morrie me dit alors qu'autrefois il croyait que la mort était un état glacial et définitif. *« On t'enterre et c'est fini. »*

Mais depuis sa maladie, il pensait différemment.

« Quelle est votre conception à présent ? » lui demandai-je.

« Je n'ai aucune théorie pour l'instant... », me répondit-il. avec son honnêteté habituelle. *« Cependant, l'univers est trop harmonieux, grandiose et impressionnant pour n'être que le fruit du hasard. »*

Quel aveu pour un ancien agnostique ! *Trop harmonieux, grandiose et impressionnant pour n'être que le fruit du hasard* ? Cette phrase, je vous le rappelle, Morrie l'a prononcée au moment même où son corps n'était plus qu'une coque molle, nécessitant d'être nettoyée, peignée, mouchée, et dont le derrière devait être essuyé par un tiers.

Harmonieux? Grandiose? S'il pouvait, avec un corps aussi décati, dans la position si humble qui était la sienne, déceler le côté majestueux de l'univers, comment ne le pouvions-nous pas, nous, à notre niveau?

Souvent on me demande ce qui me manque le plus chez Morrie. Sa foi en l'humanité me manque. Sa façon de voir le côté positif de la vie. Et surtout, son rire. Vraiment. Le jour où Morrie parla de l'après-vie, il me fit part de son choix de réincarnation : s'il avait pu revenir sous une forme ou sous une autre, il aurait aimé être une gazelle. En relisant le compte rendu de cette conversation je m'aperçois que je m'étais moqué de lui après cette déclaration :

« *Okay. Alors, admettons que vous soyez effectivement réincarné. Ça, c'est la bonne nouvelle* », lui dis-je.

« *La mauvaise nouvelle, c'est que vous avez été réincarné en gazelle dans un désert, au milieu de nulle part.* »

Et il répondit : « *Bien vu.* » Et il s'esclaffa.

On a partagé beaucoup de moments de détente. C'est sans doute difficile à croire, mais nous avons beaucoup ri malgré la mort qui rôdait. Personne n'aimait autant rire que Morrie. Personne n'arrivait à broder à partir d'une blague éculée comme lui. Des fois il me suffisait de faire une blague de Toto pour qu'il s'écroule de rire.

Ce rire me manque beaucoup. Sa patience également. Son érudition, aussi. Et son amour de la bonne chère. Et sa façon de fermer les yeux en écoutant de la musique.

Pourtant, ce qui me manque le plus, aussi simple et égoïste que cela puisse paraître, c'est le clin d'œil qu'il m'adressait quand je rentrais dans son bureau. Quand quelqu'un est heureux – *vraiment* heureux – de vous voir, cela vous fait littéralement fondre de l'intérieur. On a l'impression d'être véritablement à sa place, on est envahi du même sentiment de bien-être que celui que l'on ressent lorsque l'on rentre chez soi. Lorsque je pénétrai le mardi dans son bureau avec l'hibiscus sur le rebord de la fenêtre, quels que soient les soucis que j'apportais avec moi – problèmes personnels, professionnels, pensées négatives – tout s'évanouissait au moment où Morrie m'accueillait. Tout simplement parce qu'il désirait vraiment ma compagnie. Ses yeux se plissaient, ses oreilles faisaient un petit mouvement vers le haut et sa bouche s'étirait en ce curieux sourire dévoilant ses petites dents de travers : j'étais le bienvenu. D'autres personnes m'ont confirmé avoir ressenti la même chose en présence de Morrie. Peut-être que la maladie qui le ravageait le mettait au-dessus de toutes les contingences matérielles, ces préoccupations qui nous accaparent au quotidien, lui permettant d'être ainsi « totalement présent » pour autrui. Ou bien il appréciait le temps présent à sa juste valeur. Je ne sais pas.

En fait, tous ces mardis que nous avons passé ensemble, ont été pour moi comme une longue accolade avec un homme qui ne pouvait pourtant plus bouger les bras. Et ça, ça me manque plus que tout.

Au cours des dix ans qui ont suivi la première publication de *La dernière leçon*, on m'a demandé un nombre incalculable de fois si je pensais qu'un jour mon livre toucherait autant de lecteurs. Ma réponse est toujours la même : je secoue la tête, je souris et je dis : « Jamais de la vie. » À vrai dire ce livre a eu du mal a trouvé un éditeur au début : de nombreuses maisons n'étaient pas intéressées ; un éditeur que je ne citerai pas m'a même dit que je n'avais vraiment aucune idée de ce qu'était réellement un livre de mémoires. En d'autres circonstances et sur un autre sujet, j'aurais probablement laissé tomber le projet.

La raison pour laquelle je n'ai pas baissé les bras est la même que celle pour laquelle ce livre touche tant le cœur des lecteurs : je n'ai pas essayé d'écrire un livre « populaire ». J'essayai juste d'aider Morrie à payer ses frais médicaux. Sinon je n'aurais pas été aussi tenace ; j'aurais été découragé. C'est pourquoi j'ai continué mes démarches jusqu'à ce que je trouve un éditeur. Et quand j'ai annoncé à Morrie la bonne nouvelle et qu'ainsi ses frais médicaux seraient couverts, il s'est mis à pleurer. Je dis souvent que cela marque la fin de *La dernière leçon*, même si j'avais à peine commencé sa rédaction. J'avais obtenu ce que je voulais : un tout petit geste de gentillesse à son égard en échange de tous ces gestes qu'il m'avait prodigués. Mais ce n'était pas la fin du voyage, en fait, mais bien le début.

Depuis lors, *La dernière leçon* a été publiée dans des dizaines de pays dans lesquels je ne suis jamais allé, traduite dans de nombreuses langues que je suis incapable de lire ou de parler. Le livre a été adapté pour la télévision, et le fameux Jack Lemmon m'a même avoué que Morrie était son rôle préféré. Une pièce de théâtre adaptée de *La dernière leçon* a été écrite et jouée à travers les États-Unis. Les programmes scolaires, universitaires, des magasins de pompes funèbres, des maisons de retraite, des églises, des synagogues, des clubs de lecture et des associations caritatives ont adopté le livre.

Les mots sont impuissants à traduire ce que tout cela signifie pour moi et à quel point je suis fier que la sagesse de Morrie se répande tranquillement à travers le monde, comme de doux flocons de neige recouvrant les rues au quatre coins de la planète. Cela a contribué à me ranger à son avis : l'univers est vraiment trop harmonieux, grandiose et impressionnant pour n'être que le fruit du hasard.

J'espère également que cet ouvrage va continuer à mobiliser les énergies autour de la maladie de Charcot afin que celle-ci soit éradiquée. Et qu'il continue à nous rappeler combien le temps que nous passons les uns avec les autres est précieux. Et j'espère qu'il continuera longtemps à rendre hommage à notre plus précieuse ressource : le corps professoral. Et j'espère que Morrie, où il se trouve à l'heure actuelle, est en train de danser. Il le mérite.

Le jour où je lui demandai quel serait pour lui le scénario parfait de vie après la mort, il me répondit : « *Que ma conscience perdure... que je me fonde dans l'univers.* »

Et je pense enfin à tous ceux qui ont lu ce livre, à ceux qui le liront et j'ose croire, empreint d'une profonde gratitude, que le souhait de Morrie se réalisera.

Mitch Albom
Juillet 2007

Remerciements

J'aimerais exprimer ma reconnaissance aux nombreuses personnes qui m'ont apporté leur aide pour ce livre. Merci à Charlotte, Rob et Jonathan Schwarz, Maurice Stein, Charlie Derber, Gordie Fellman, David Schwarz, au rabbin Al Axelrad, et aux nombreux amis et collègues de Morrie, pour les souvenirs qu'ils m'ont confiés, leur patience et leurs conseils. J'aimerais aussi remercier tout particulièrement Bill Thomas, mon éditeur, pour la justesse avec laquelle il a mené ce projet à son terme. Et comme toujours, toute mon estime pour David Black, qui croit souvent davantage en moi que je ne le fais moi-même.

Je remercie surtout Morrie pour avoir voulu cette dernière thèse ensemble. A-t-on jamais rencontré un professeur comme lui ?

Table

215

Imprimé en France par

à La Flèche (Sarthe)
en novembre 2012

POCKET – 12, avenue d'Italie – 75627 Paris Cedex 13

N° d'impression : 70902
Dépôt légal : decembre 2000
Suite du premier tirage : novembre 2012
S14517/09